In einer Londoner Praxis entblößt sich eine junge Frau aus Deutschland vor ihrem Arzt Dr. Seligman. Obwohl sie nur seinen Hinterkopf sehen kann, vertraut sie ihm ihr Innerstes an: ihre heimliche Lust, ihre Schuldgefühle und ihr Ringen um sich selbst. Obwohl sie sich von ihrer katholischen Nachkriegsdeutschen Familie abgewandt hat und seit Jahren in London lebt, verfolgen sie die alten Geister. In einem messerscharfen Monolog nabelt sie sich noch einmal von ihrer Vergangenheit, aber auch von ihrer Gegenwart ab. Vom Umkleiden in der Badeanstalt bis zum Toilettenfick in der Bar begleiten wir eine junge Frau, die sich von ihrer Scham, ihrer Kultur und ihrer Geschlechtlichkeit fundamental befreit.

Katharina Volckmer wurde 1987 in Deutschland geboren. Sie lebt in London, wo sie für eine Literaturagentur arbeitet. *Der Termin* ist ihr erster Roman.

Milena Adam wurde 1991 in Hamburg geboren und hat Volckmers erzählender Immigrantin eine deutsche Stimme gegeben. Sie ist Lektorin und übersetzt und dolmetscht aus dem Französischen und Englischen.

KATHARINA
VOLCKMER

DER
TERMIN

ROMAN

AUS DEM ENGLISCHEN
VON MILENA ADAM

kanon verlag

Die Originalausgabe erschien 2020 unter dem Titel
The Appointment bei Fitzcarraldo Editions, London.

Die deutschsprachige Erstausgabe erschien 2021 im
Kanon Verlag Berlin.

ISBN 978-3-98568-078-8

1. Auflage 2023
© Kanon Verlag Berlin GmbH, 2021
© Editions Grasset & Fasquelle, 2020
Umschlaggestaltung: Anke Fesel / bobsairport
Unter Verwendung eines Gemäldes von Regina Nieke
© Titelbild: Regina Nieke
Herstellung: Daniel Klotz / Die Lettertypen
Satz: Marco Stölk
Druck und Bindung: Pustet, Regensburg
Printed in Germany

www.kanon-verlag.de

Das ist jetzt vielleicht nicht der beste Moment, um davon anzufangen, Dr. Seligman, aber ich musste gerade daran denken, wie ich einmal geträumt habe, ich wäre Hitler. Wenn ich so darüber rede, ist es mir immer noch peinlich, aber ich war es wirklich. Auf ein Heer fanatischer Anhänger blickend, stand ich auf einem Balkon und hielt eine Rede. Dazu trug ich diese Uniform mit den komisch gebauschten Hosenbeinen. Auf meiner Oberlippe konnte ich den kleinen Schnurrbart spüren, und meine rechte Hand flog durch die Luft, während ich mit meiner Stimme alle in meinen Bann zog. Ich weiß nicht mehr genau, worüber ich geredet habe – ich glaube, es ging irgendwie um Mussolini und einen absurden Expansionstraum –, aber das ist auch egal. Der Faschismus ist ja nur Ideologie um ihrer selbst willen, er vermittelt keine Botschaft, und am Ende waren uns die Italiener da sowieso voraus. Ich kann in dieser Stadt keine hundert Meter gehen, ohne irgendwo *Pasta* oder *Espresso* zu lesen, und ihre grässliche Flagge hängt an jeder Ecke. Das Wort *Sauerkraut* sehe ich nie irgendwo. Es war immer ausgeschlossen, dass wir mit einer derart miserablen Landesküche ein Reich für tausend Jahre würden halten können, es gibt einfach Grenzen, was man den Leuten antun kann, und jeder normale Mensch würde nach einem Nachschlag von unserem sogenannten Essen anfangen, sich nach Freiheit zu sehnen. Das war schon immer unsere Schwäche, wir haben nie etwas geschaffen, das ohne höheren Zweck genossen werden kann – nicht umsonst gibt es im Deutschen kein Wort für *pleasure*; wir kennen nur *Lust* und *Freude*. Unsere Kehlen werden nie feucht genug, um jemandem mit Hingabe einen zu blasen, weil wir als Kinder zu viel trockenes Brot essen mussten. Kennen Sie dieses grauenhafte Brot, das wir andauernd essen und von dem wir allen erzählen? Eine Art selbsterhaltender Mythos. Ich glaube, es ist eine Strafe Gottes für all die Verbrechen, die wir begangen haben, insofern wird wohl nie etwas so Sinnliches wie ein Baguette oder etwas so Saftiges wie die Blaubeermuffins, die es hier gibt, aus diesem Land kommen. Es war einer der Gründe, weshalb ich auswandern musste: Ich wollte nicht länger an dieser Brotlüge teilhaben. Während ich also hielt, was man heutzutage eine Hassrede nennen würde, hatte ich das Gefühl, der orgiastische Applaus von unten war nur ein schwacher Trost für meine unübersehbare Missgestalt. Ich war mir der Tatsache schmerzlich bewusst, dass ich dem Arischen Ideal, auf dem ich jahrelang herumgeritten war, selbst nicht im Geringsten entsprach. Ich meine, ich hatte keinen Klumpfuß oder so, aber trotzdem würden alle toten Juden dieser Welt und sogar mein angeblicher Vegetarismus nicht ausreichen, um mich als Modell für eines dieser heißen Riefenstahl-Bildchen zu qualifizieren. Ich fühlte mich wie ein Betrüger. Hatte denn niemand bemerkt, dass ich aussah wie eine alte Kartoffel mit Plastikhaaren? Ich kann noch immer die Traurigkeit spüren, mit der ich an jenem Morgen aufgewacht bin – die Traurigkeit darüber, dass ich nie einer von diesen blonden deutschen Boys sein würde, mit einem Körper wie die Alten Griechen und Haut, die in der Sonne so wunderbar golden wird, dass ich nie das sein würde, was ich hätte sein sollen.

Ich will damit nicht sagen, dass Hitler mir leidtat, und es ist natürlich trotzdem inakzeptabel, sämtliche Angehörige eines Kulturkreises auszulöschen, weil man sich in seinem Körper nicht wohlfühlt und sie das repräsentieren, was man an sich selbst hasst, aber der Traum hat mich doch dazu gebracht, über sein Privatleben nachzudenken. Hitlers Alltag. Haben Sie sich den Führer schon mal im Schlafanzug vorgestellt, Dr. Seligman, wie er nach dem Aufwachen durchs Schlafzimmer stolpert und seine Pantoffeln sucht? Irgendein armseliger Mensch hat bestimmt schon ein Buch über sein Leben daheim geschrieben, aber ich stelle es mir eigentlich lieber selber vor; ein Buch würde es nur wieder schaffen, dass es langweilig wird. Ich sehe die Bettwäsche mit Hakenkreuzmuster vor mir, den dazu passenden Schlafanzug, alles, sogar die passende Müslischüssel kommt vor. Einmal habe ich in Polen so welche gesehen, in einem dieser seltsamen Antiquitätenläden, wo sie ausschließlich Memorabilia ihrer Peiniger verkaufen, wie diese Schüsseln und Teller mit kleinen Hakenkreuzen auf dem Boden. Es war fast wie eine Art perverses Barbie-Universum, als könnte man sich, wenn man nur lang genug sparte, ein völlig neues, glänzendes, zusammenpassendes Leben kaufen. Ich hatte sofort eine kleine Fernsehreklame vor Augen, in der eine gut geölte Hitlerpuppe auf so einem Glitzerpferdchen eine anständige deutsche Frau aus den Händen eines lüsternen Juden befreit und dann in den Sonnenuntergang reitet – die Rasse geschützt und in Sicherheit. So schlau sie im Umgang mit den Medien auch waren, an dieser Stelle haben die Nazis meiner Meinung nach einen echten Marketing-Coup versäumt. Stellen Sie sich doch nur vor, wie viel Spaß die kleinen deutschen Kinder mit so einem LEGO-Konzentrationslager namens Freudenstadt gehabt hätten – baue deinen eigenen Ofen, organisiere deine eigenen Deportationen, und denk an ausreichend neuen Lebensraum! Sie hätten auch Produktlinien für Erwachsene herausbringen können. Mal abgesehen von den Handschuhen und Lampenschirmen aus Menschenhaut hätten sie auch Pferdeschweif-Buttplugs aus echtem Feindeshaar machen können. Aber da ist der Zug wohl abgefahren. Und ich will Sie nicht provozieren, Dr. Seligman, erst recht nicht jetzt, da Sie Ihren Kopf zwischen meinen Beinen haben, aber finden Sie nicht, dass so ein Genozid auch ein bisschen was mit Geilheit zu tun hat?

Als ich letztens auf dem Nachhauseweg war, hatte sich jemand vor den Zug geworfen, wollte wohl einen Abgang mit Knall hinlegen und ein paar Pendlern noch eins reindrücken, ein finaler Akt in unserem modernen Verzweiflungskrieg. Also musste ich zu Fuß gehen und kam durch eins dieser Londoner Viertel, wo Leute der vorherigen Generation wohnen, mit richtigen Möbeln und sauberen Badewannen, wo es diese lichtdurchfluteten Spielzeugläden gibt, die den Eindruck erwecken, die Kindheit sei eine französische Erfindung, und Vorgärten, in denen der Frühling früher als überall sonst anzubrechen scheint. Ganz besonders liebe ich diese dunklen Magnolienblüten, sie sind so elegant, beinahe lilafarben. Bestimmt haben Sie die schon mal gesehen, Dr. Seligman. Niemand würde je auf die Idee kommen, seinen Müll vor so einem Haus abzuladen – sogar grobe Gemüter werden bei ihrem Anblick weich –, meine Einfahrt dagegen ist andauernd Schauplatz der Übertretungen anderer, und wenn ich morgens durch meine Vorhänge blinzle, kann ich alles Mögliche, von rostigen Gefrierschränken über alte Kulturbeutel bis hin zu gebrauchtem Spielzeug, dort liegen sehen. Ich frage mich, wie die Leute darauf kommen, dass ich mich über ihre kaputten Sachen freuen würde, und ich bin kurz davor, meine Erniedrigung öffentlich zu machen und ihnen einen Zettel zu schreiben und sie zum Aufhören aufzufordern, was fast genauso schlimm ist, wie um Essen oder frische Unterhosen zu bitten. Haben Sie schon einmal versucht, von jemandem grundlegende Achtung als Mensch einzufordern? Ich verlange ja gar nichts Drastisches wie respektvollen Sex oder echte Gefühle, aber das ist, als würde mich eine irre Fee heimsuchen, die unbedingt sicherstellen will, dass ja kein Prinz durch mein Fenster schaut und dass alle meine Träume irgendwann nach Fuchspisse stinken und aussehen wie das Plastik, das in diesen Dokumentationen über unsere Zerstörung von Mutter Natur gezeigt wird. Diese Gegenstände werden zu Objekten der Schuld und des Ekels, und nachts versuche ich, ohne eine klare Vorstellung von meiner Zukunft einzuschlafen. Deshalb gehe ich auch nicht mehr in solche Stadtviertel, die ich mir nicht leisten kann. Sie lassen mich all meine Fehler wie durch eine Lupe sehen und erinnern mich an alles, was mir meine Eltern nie verzeihen werden. Warum habe ich nicht im rechten Moment die Beine breit gemacht, mehr auf meinen Körper geachtet und einen dieser Männer mit lilafarbenen Magnolienbäumen im Vorgarten geheiratet? Ich könnte so eine Frau sein, die in schicken Cafés sitzt und sich um nichts in der Welt sorgen muss. Es wäre ein Leben wie im Schokoladengeschäft, Dr. Seligman. Ich glaube, dass reiche Leute deshalb immer aussehen, als wären sie gerade mit einem maßgeschneiderten Strap-on gefickt worden, während nebenan jemand ihr frisch gewaschenes Bettzeug gebügelt hat. Deswegen sind ihre Kinder auch nicht so hässlich – weil sie sich die tatsächlich leisten können, weil die Kinder wissen, dass sie ein Recht haben zu existieren. So muss Überlegenheit wohl funktionieren. Glauben Sie, dass es ein Fehler war, stattdessen zu Ihnen zu kommen, Dr. Seligman?

Aber ich habe keine Angst vor dem, was wir tun werden, Dr. Seligman. Ich habe keine Angst vorm Sterben oder so. Ich weiß, dass ich Ihnen vertrauen kann und dass der Tod still ist. Es sind nie die lauten Dinge, die uns umbringen, die, von denen wir kotzen und schreien und heulen müssen. Die wollen nur Aufmerksamkeit. Sie sind wie Katzen im Frühling, Dr. Seligman – sie wollen unseren Widerstand spüren, uns aus dem Schlaf holen und dem Lied unserer Verwünschungen lauschen, aber sie meinen es nicht böse. Der Tod ist alles, was in uns wächst, was irgendwann bersten und seine natürlichen Bahnen verlassen wird, um alles, was atmen muss, zu überfluten. Die Entzündungen, die unentdeckt schwelen, die Herzen, die ohne Vorwarnung brechen. Da liegen sämtliche Filme und Fernsehserien mit ihrer pornografischen Gewalt falsch, Dr. Seligman: Kaum jemand wird so umgebracht.

Die Art und Weise, wie wir sterben, steckt schon in uns, daran kann niemand etwas ändern, genauso wie ja auch ab einem bestimmten Alter alle Menschen, denen wir je wehtun, mit denen wir je Sex haben werden, bereits auf der Erde herumlaufen. Ich fand die Vorstellung immer merkwürdig, dass unser ganzes Leben eigentlich schon da ist. Lediglich unsere Auffassung von Zeit zwingt uns zu einer linearen Sichtweise. Aber das ist der Grund, warum ich keine Angst habe, Dr. Seligman, ich kann spüren, dass es mir nicht vorherbestimmt ist, unter Ihren Händen zu sterben. Sie sind viel zu sanft, um auch nur eine Narbe zu hinterlassen.

Und es ist ja nicht so, als wäre ich nie verliebt gewesen, Dr. Seligman. Ich weiß, dass Sie mich nicht besonders gut sehen können, aber Sie sollen nicht denken, dass ich so ein völlig gefühl- oder empathieloser Mensch bin. Es fiel mir nur nie leicht, mich zu verlieben, das war nie diese absehbare, leichte Übung, die es für die meisten ist, weil meine Liebe nie mit meiner Realität übereingestimmt hat. Weil keine Liebe je das Bild überdauern konnte, das ich von ihr hatte. Weil K nicht mit seinen Worten umgehen konnte. Und so war ich die meiste Zeit allein – so allein, dass ich neulich fast eine Dummheit begangen hätte, die mich nur noch lächerlicher hätte wirken lassen, und das alles, weil mir plötzlich mein gebrochenes Herz wieder eingefallen ist und ich dachte, wenn ich diesen Brief schriebe, könnte das Schicksal die eine oder andere Entscheidung vielleicht doch noch bereuen. Einer meiner vielen Defekte ist, dass ich mir das Schicksal immer als theatralische, fette Person auf einer Chaiselongue vorstelle, die irgendein albernes Haustier streichelt und darauf wartet, dass man ihren Launen nachkommt. Und ich denke immer, dass es einen Weg geben muss, ihr beizukommen, ihre Entscheidungen zu beeinflussen, indem man einen bestimmten Ohrring trägt oder nicht die naheliegende Bahnverbindung nimmt. Oder indem man sich einen ganz besonders ausgefallenen Suizid ausdenkt. Aber das ist bloß meine Art zu leugnen, dass niemand meine Gedanken hört und sich ein Großteil meines Lebens in einer dunklen Leere abspielt. Ich weiß, dass es egal ist, ob ich mit dem rechten oder dem linken Bein zuerst aufstehe, dass es keinen übergeordneten Mechanismus gibt und dass ich mir genauso gut ein Bein abhacken oder die Zähne mit Salzsäure putzen könnte. Die Person auf der Chaiselongue würde mich trotzdem, ohne mit der Wimper zu zucken, auf meinen nicht weiter beachtenswerten Weg schicken und sich nicht einmal meinen Namen merken. Manchmal höre ich, wie sie das alberne Haustier mit Trauben füttert, und dann bedauere ich es, in dieser hässlichen Menschenhaut geboren zu sein. Stellen Sie sich nur mal vor, jemandes Haustier zu sein, Dr. Seligman, diese bedingungslose Liebe, die einem entgegengebracht würde. Alles würde für einen getan werden – im Winter liefe den ganzen Tag über die Heizung, obwohl es eigentlich zu viel kostet, und selbst Kotze in den Lieblingsschuhen würde mit einem Lächeln weggewischt werden. Und dann, eines Tages, wenn man es nicht mehr aushielte, könnte man einfach auf die Straße laufen und sich vor den Augen der Besitzer überfahren lassen und ihre erbärmlichen kleinen Herzen brechen. Aber so würde man wenigstens nichts hinterlassen, außer vielleicht ein Halsband und ein paar geliebte Decken, nichts, was nicht zusammen mit dem Kadaver hinten im Garten begraben werden könnte. Es würde kein Erbe geben, nichts, worum die Hinterbliebenen sich Gedanken machen müssten, außer die leeren Nächte und die zwecklos gewordenen Spaziergänge. Sie wären nicht in meiner Lage oder der meiner Familie, Dr. Seligman. Jetzt, da mein Großvater tot ist, müssen wir uns mit dem letzten Willen eines alten Mannes auseinandersetzen, der uns fremd war, und als ich meine Mutter letzte Woche beim Begräbnis getroffen habe, war ihr anzusehen, wie aufgebracht sie war, nicht nur wegen des Zustands, in dem ich mich befand.

Und trotzdem habe ich beinahe diesen Brief an Mr. Shimada geschrieben. Ich weiß, dass Sexspielzeuge süchtig machen können, dass man abstumpft, wenn man sich zu viele von diesen kostenlosen Orgasmen gönnt, und echte Interaktion ihre Bedeutung verliert. Aber ich habe mir immer einen Brieffreund gewünscht, Dr. Seligman, als Kind habe ich jedes Mal auf diese Annoncen geantwortet, aber nie hat jemand zurückgeschrieben. Diese kleinen deutschen Kinder müssen schon damals gespürt haben, dass etwas mit mir nicht stimmt, oder sie hielten mich einfach für einen getarnten Pädophilen. Jedenfalls hatte ich unbedingt den Wunsch, mich mit Mr. Shimada über seine Roboter auszutauschen; offen gestanden wollte ich ihn bitten, einen für mich zu produzieren. Ich hatte ihn im Fernsehen über die kleinen Sexapparate sprechen sehen, die er entworfen und hergestellt hatte, er schien so beseelt von seiner Vision. Wie ein moderner Erlöser, Jesus mit einem Dildo auf zwei Beinen. Ich weiß, dass diese Roboter auf die sexuellen Bedürfnisse von Männern zugeschnitten sind, weil Männer von Natur aus ein Anrecht auf die Erfüllung ihrer Bedürfnisse haben, aber wie schwer kann es denn sein, sie stattdessen mit elektrischem Schwanz zu bauen? Sie finden das vielleicht furchtbar traurig, Dr. Seligman – ich kann Ihr Stirnrunzeln da unten förmlich spüren –, aber er müsste den Roboter ja nur ein bisschen umbauen, die Brüste abnehmen, das eine Loch stopfen; und wie das Gesicht aussieht, ist mir eigentlich egal. Meinen Sie nicht, dass es das Beste wäre, wenn wir alle unsere individuellen Fickroboter hätten? Stellen Sie sich mal vor, wir alle wären befriedigt und müssten unser Begehren nicht mehr erklären! Aber dann würde man wahrscheinlich irgendeinen dämlichen Grund erfinden, warum männliche Roboter gefährlich seien oder überflüssig, da Menschen ohne Schwanz angeblich eh an jeder Straßenecke jemanden aufgabeln können. Man würde argumentieren, dass die Menschen ohne Schwanz unter Kontrolle gehalten werden müssen, damit sie die Menschen mit Schwanz nicht zu sehr einschüchtern, denn aus irgendeinem Grund ist es immer schlecht, wenn Männer eingeschüchtert sind. Aber mein Wunsch ist keineswegs politisch, Dr. Seligman. Die universelle Gewalt meinem Körper gegenüber ist mir schon lange gleichgültig. Ich bin einfach erschöpft, und die Vorstellung, mich allein auf mein Begehren zu konzentrieren, erscheint mir wie ein lang vergessener Traum. Der Gedanke, meinen

Gefährten abschalten zu können, wenn ich wirklich keine Gefühle mehr übrig habe.

Schließlich habe ich mich doch nicht getraut, weil ich Angst hatte, Mr. Shimada würde mich für einen Freak halten. Mir ist klar, dass er wahrscheinlich jede Menge komische Post bekommt, aber die Vorstellung, von jemandem verurteilt zu werden, der am anderen Ende der Welt fickbare Mannequins baut, war doch etwas viel. Und ich war auch noch nie in Japan und kenne mich mit den Formalitäten überhaupt nicht aus. Und wenn ich versucht hätte, die ganzen Umstände zu erklären, wie ich den Roboter zu nutzen gedenke, wäre es ein sehr langer Brief gewesen, und er hätte sich vielleicht zu Tode gelangweilt und ihn gar nicht erst zu Ende gelesen. Vielleicht sind meine Umstände sogar genauso banal wie die von allen anderen; auch in Japan gibt es bestimmt gebrochene Herzen, meinen Sie nicht? Wenn ich so darüber nachdenke, Dr. Seligman, bin ich mir sicher, dass Mr. Shimada mich verstehen würde, und vielleicht werde ich ihm schreiben, wenn das hier alles vorüber ist. Ich meine, warum sollte man sonst ein Stück Plastik ficken, wenn es nicht darum ginge, das eigene Herz zu schützen? Bestimmt wird er sich erweichen lassen und mir meinen kleinen sprechenden Schwanz bauen. Waren Sie schon einmal mit einem Gegenstand intim, Dr. Seligman? Ich hatte immer Probleme damit, etwas elektrisch Betriebenes in meinen Körper einzuführen, aus Angst, an einem Stromschlag zu sterben und dann in der denkbar ungünstigsten Position aufgefunden zu werden. Stellen Sie sich nur mal die Schlagzeilen vor: Alleinstehende Frau mit zwei Katzen von fehlerhaftem Vibrator getötet, geht es noch tragischer? Haben Sie schon einmal von so etwas gehört? Ich meine, ich weiß schon, dass es Garantien gibt und dass Japan nicht China ist und sie da hohe Produktionsstandards haben, aber bis jetzt habe ich mich das noch nie getraut. Um ehrlich zu sein, und weil das ja eine medizinische Untersuchung ist und die Information dafür relevant sein könnte, bin ich nie weitergekommen, als eine Banane in meine Vagina einzuführen. Eine dieser Bananen mit einer sehr dicken Schale und diesen Kanten, die fast wie Venenstränge aussehen. Der Gedanke ist mir jetzt extrem unangenehm, aber damals hat mich das angetörnt, und es schien weitgehend risikofrei zu sein. Das Ergebnis war allerdings enttäuschend. Es war eine ziemlich trockene Angelegenheit, und nach einer Weile war ich genervt von meinen eigenen Bewegungen. Das war noch, bevor ich wusste, dass man Gleitcreme auf ungefähr alles schmieren kann, und ich endlich begriff, warum manchmal Leute ins Krankenhaus eingeliefert werden und ihr halbes Wohnzimmer im Arsch stecken haben. Ich glaube, das ist es, was Einsamkeit mit Menschen macht, Dr. Seligman: Sie vergessen, wie sie ihr Begehren zum Ausdruck bringen können.

Ich glaube, es fängt bald an zu schneien, Dr. Seligman. Die Wolken da sehen aus, als würden sie gleich platzen, und vorhin, auf dem Weg hierher, habe ich den Winter in der Luft gespürt. Kennen Sie diesen Moment am späten Nachmittag, wenn sich ein ganz bestimmtes Grau in die Atmosphäre gemischt zu haben scheint, wenn es fast das Tageslicht verschluckt und es unmöglich wird, das Gesehene vom Gefühlten zu unterscheiden? Wenn es kalt genug ist, dass man sehen kann, wie die Körperwärme aus den Menschen austritt? Aber an anderen Tagen haben Sie hier sicher eine tolle Aussicht. Gehen Sie manchmal raus und sitzen in dem Park da drüben, Dr. Seligman? Als ich noch einen Job hatte, habe ich mich in der Mittagspause immer in einen Park in der Nähe meiner Arbeit gesetzt. Das war so ein Park, den die Deutschen sofort verwüstet hätten, die Briten aber wie ein Heiligtum behandeln, mit richtigen Blumen und gutmütigen Hunden. Aber jetzt mache ich das eigentlich nicht mehr, denn ich habe Angst, dass die Leute bemerken könnten, was mit mir los ist; wenn ich mich in meinem derzeitigen Zustand dahin setzen würde, käme ich mir vor wie eine Schwindlerin. Der andere Grund, warum ich nicht mehr in den Park gehe, ist, dass ich innere Blutungen davon kriege, den Gesprächen der anderen zuhören zu müssen. Nichts lässt einen mit solcher Brutalität begreifen, wie banal das Leben eigentlich ist. Solange man nur mit sich selber redet, kann man noch einiges beschönigen, aber wenn ich dem stumpfsinnigen Gelaber der anderen ausgesetzt bin, überkommt mich sofort das starke Bedürfnis, mich umzubringen, weil ich die Tatsache nicht länger ignorieren kann, dass wir nichts weiter sind als ein sterbender Stern, der durch eine endlose Leere treibt, des Sonnenlichts nicht würdig, das uns am Leben hält. Wenn es nach mir ginge, könnte die Sonne nicht schnell genug explodieren, um dieser rasenden Verblödung ein Ende zu bereiten. Ich habe sogar darüber nachgedacht, völlig stumm zu werden. Das können Sie sich wahrscheinlich kaum vorstellen, Dr. Seligman, aber ich wollte einfach nicht mehr Teil dieser verbalen Verschmutzung sein. Damals, als ich immer im Park saß, habe ich gehofft, dass diese hirnlosen Leute von Tauben angeschissen werden, damit sie für ihre Vergehen gezeichnet und befleckt werden, dafür, dass sie nicht begreifen, dass ihre sogenannten Persönlichkeiten nichts anderes sind als Schichten austauschbaren Mists. Nur deshalb könnte ich mir vorstellen, eine Taubenlady zu werden, dabei sah ich das ganze Brot und die Körner vor mir, mit denen ich die Vögelchen füttern würde, die dann zu dieser ekelhaften gelblich-braunen Scheiße werden, die auf den Köpfen, Mänteln und im Essen dieser Leute landen würde. Die Scheiße würde sie davon abhalten, weitere Ergüsse zu produzieren, und es würde sich ein – wenn auch kurzer – Moment der Stille einstellen, in dem man nichts hört außer ihrer Verzweiflung und dem zufriedenen Gurren der Tauben. Davon träume ich, Dr. Seligman, und wenn man einmal ernsthaft darüber nachdenkt, sind es doch diese kleinen Racheakte, auf die es ankommt, und langsam, aber sicher zerstören die Tauben die Fassaden unserer liebsten Städte mit ihrem endlosen Scheißeregen. Denken Sie nur mal an die Wasserspeier von Notre-Dame oder diese hübschen Gebäude in Venedig, die unter dieser natürlichen Säuredusche dahinschmelzen, und ganz in der Nähe sieht man eine kleine Taubenlady, die sich lächelnd über einen weiteren kleinen Sieg freut. Stellen Sie sich mal vor, die Nazis hätten das gewusst. Sie haben ja offenbar versucht, Bienen abzurichten, ich weiß aber nicht, wozu; vielleicht sollten sie Juden aufspüren und sie zu Tode stechen, andererseits hat Hollywood noch keinen Gebrauch davon gemacht, also stimmt es wahrscheinlich nicht. Die hätten einem Film namens *Hitlers Bienenzüchter* wohl kaum widerstehen können, wo sie doch schon so gut wie alle *Hitler-und*-Filmtitel aufgebraucht haben. Ich persönlich warte ja immer noch auf *Hitlers Nagelknipser* und *Die Wahrheit hinter Hitlers Frisur*. Ich bin mir zwar sicher, dass sie Brieftauben für ihre bescheuerten verschlüsselten Nachrichten benutzt haben, doch genauso sicher bin ich mir, dass sie keine Ahnung von der zerstörerischen Kraft der Vogelscheiße hatten. Die wie immer überlegenen Schweizer wissen das natürlich besser. Ich habe mal irgendwo gelesen, dass die Stadt Zürich einen Mann angestellt hat, der durch die Gegend läuft und am helllichten Tag Tauben erschießt. Ich frage mich, ob das die Taubenladys als Quellen hemmungsloser weiblicher Einflussnahme einschließt – offiziell unfickbar wie Hexen oder Nonnen und deshalb zu frei; meinen Sie, dass die Schweizer zu so einer Hygienemaßnahme in der Lage wären?

Sie brauchen aber keine Angst vor mir zu haben, Dr. Seligman, wirklich nicht. Ihr Assistent hat mir gesagt, dass Sie sehr gründlich sind und es eine Weile dauern könnte, vor allem mit den Fotos, deswegen will ich nicht, dass Sie sich Sorgen machen, denn ich bin immer noch der Ansicht, dass die Gründe für meine fristlose Kündigung eine Fehldeutung sind und dass die Behauptung, ich hätte Aggressionsprobleme, unberechtigt ist. Natürlich war ich an jenem Tag wütend – das war, bevor ich angefangen habe, Hormone zu nehmen –, aber mich einfach so zu suspendieren, wo sie doch keine Ahnung haben, was das für

Leute wie mich bedeutet? Ich finde nicht, dass man es schon als gewalttätig bezeichnen kann, einen Tacker zu schwingen, während man einem Kollegen bloß damit droht, sein Ohr an den Schreibtisch zu tackern. Und mit diesen Tackern sowieso nicht. Ich bezweifle stark, dass Sie es je versucht haben, mit diesen unhandlichen kleinen Plastikdingern Menschenfleisch an einen Massivholztisch zu tackern. Das Risiko, dass mir eine verirrte Plastikklammer ins Auge fliegt und ich erblinde, wäre wahrscheinlich viel größer gewesen, aber das war denen natürlich egal. Glauben Sie bloß nicht, dass sie uns Schutzbrillen gestellt hätten; Gott weiß, wie viele Unfälle durch diesen ganzen billigen Bürokram verursacht werden. Aber mittlerweile tut es mir nicht mehr leid; sollen sie sich doch vergiften beim Herumkauen auf diesen grässlichen Kugelschreibern, die jede Handschrift in ein Trauerspiel verwandeln. Denn das Schlimmste war nicht, meinen Job zu verlieren – in dieser Stadt verhungert man so oder so –, sondern wie sie mich gezwungen haben, einen Therapeuten namens Jason aufzusuchen, weil sie sonst Anzeige erstattet hätten. Können Sie sich vorstellen, ernsthaft mit einem Therapeuten zu reden, der Jason heißt, Dr. Seligman? Einem Therapeuten, der aussieht, als könnte er auch Dave oder Pete heißen, mit so einem rundum anpassungsfähigen Gesicht, wie diese Yogalehrer, die alle Gräuel einfach weglächeln, weil sie wissen, dass sie das Universum auf ihrer Seite haben? Und wenn die Sonne ihre Stellung verlassen und stattdessen um sie kreisen könnte, würde sie es tun. Deshalb denken Typen wie Jason, dass sie all diese kleinen menschlichen

Fehler verzeihen können, und deshalb habe ich dann auch beschlossen, ihn anzulügen.

Ich hatte keine Ahnung von Jasons Background, aber ich dachte, dass es ihn provozieren würde, wenn ich ihm von meiner sexuellen Fixierung auf unseren lieben Führer erzähle und davon, dass meine Unfähigkeit, dieses Verlangen je zu stillen, der Grund für meine Wut sei und mich dazu gebracht habe, das Ohrläppchen meines Kollegen auf den Schreibtisch tackern zu wollen. Von meinen eigentlichen Träumen und dem, was mit meinem Körper nicht stimmte, konnte ich ihm natürlich nicht berichten, und mit der Zeit machte mir meine Geschichte richtiggehend Spaß. Früher wollte ich mal Schriftstellerin werden, Dr. Seligman, und mir so eine Erzählung auszudenken war eine schöne Erfahrung. Am Ende konnte Jason das Ablaufen der Zeit immer kaum erwarten, das konnte ich spüren. Wahrscheinlich gibt es nichts Abstoßenderes als eine Perversion, die man nicht teilt; außerdem kommt man in einen ethischen Konflikt, wenn man mit einer Deutschen in einem Raum feststeckt, die sich über ihre Fantasien, mit Hitlers ureigener Reitgerte ausgepeitscht zu werden, in einen semiorgiastischen Zustand redet. Obwohl Jason nicht wirklich Emotionen investierte, merkte ich, dass er litt. Aber es war nicht nur obszön – es gab auch Momente wahrer Intimität, dieser väterlichen Ritterlichkeit, nach der wir uns alle heimlich sehnen. Es gab Momente des Zweifels, gebrochene Versprechen und das unvermeidbare Ende, für Eva Braun verlassen worden zu sein, seine trutschige Sekretätin, benannt nach der hässlichsten aller Farben. Ich habe sehr detailgetreu geschildert, wie ich ein letztes Mal die Hunde gestreichelt habe, bevor ich ihm diese ganzen kleinen Dinge, Zeichen seiner Zuneigung, zurückgegeben habe, und wie ich eine Strähne seines berühmten Haars in einem getragenen Nylonstrumpf hinausschmuggelte, zusammen mit einer Notiz in seiner Handschrift, die mich auffordert, nichts zu tragen außer so einem jüdischen Käppchen. Ich glaube, Jason ist tatsächlich zusammengezuckt, als ich ihm erstmals von den Tagträumereien über meinen kleinen A. erzählt habe, so habe ich ihn im Stillen genannt, und wie er mich „Ich heiße Sarah" sagen ließ, bevor er mich mit seiner gewaltigen Gerte bestrafte. In meinen Träumen hatte ich sehr dunkles Haar und diese wunderbaren dunklen Augen, und alles fühlte sich so herrlich kontrovers an. Jason versprach, jede Erklärung über mein ruhiges, ausgeglichenes Wesen zu unterschreiben, wenn er nur nie wieder meinen Berichten darüber lauschen müsste, wie ich mir angewöhnt hatte, auf kleine Porträts des Führers zu kommen, und mir dabei vorstellte, dass sein Schnurrbart mich untenrum kitzelte. Und wie schwierig es für mich war, ohne den Hitlergruß zum Höhepunkt zu kommen. Ich bot ihm sogar an, einige meiner Träume für ihn zu zeichnen, und schlug ein Rollenspiel vor, um meine innere Anspannung abzubauen, aber er konnte nur noch murmeln, ich solle nie vergessen, dass ich nicht identisch mit meinen Gedanken sei. Insgesamt war ich von Jason und seiner mangelnden Fantasie ziemlich enttäuscht, Dr. Seligman, doch für eines war ich ihm doch dankbar: Vor diesen Sitzungen war Hitler für mich bloß ein besonders schwerer Fall von

Napoleon-Komplex mit furchtbaren Folgen gewesen, ein verzweifelter, kleiner Mond, der eine Sonne zu umwerben versucht, die ihm nicht die geringste Aufmerksamkeit schenkt. Vielleicht fragen Sie sich, warum ich die Sonne als weiblich adressiere, aber Sie müssen wissen, dass die Sonne in meiner Muttersprache eine Frau und der Mond ein Mann ist, sie ist eine Art Walküre, die ihre Anmut vor diesem unangenehmen, kleinen Mann zu schützen versucht. Vielleicht sind wir deshalb so daneben, und vielleicht hatte sein Napoleon-Komplex deshalb so katastrophale Folgen für uns. Ich will hier wirklich nichts schönreden, aber vielleicht hatte Hitler wirklich das Gefühl, dass er die Sonne nicht würde befriedigen können. Nur ein kleiner Mann würde in solchen Begriffen über seine Potenz denken; nur er würde sich von jemandem bedroht fühlen, der nie in Erwägung ziehen würde, ihn zu bedrohen, ihn, der noch nicht mal sein eigenes Licht erzeugen kann. Ich bin mir sicher, dass die Sonne sich nicht im Geringsten um den Mond und seine aussichtslosen Annäherungsversuche schert. Warum sollte sie sich überhaupt erst für einen Mann interessieren, der höchstwahrscheinlich aufrecht in ihre Vagina laufen könnte, ohne das geringste Gefühl bei ihr zu hinterlassen?

Sogar heute, Dr. Seligman, ist ein lebender Jude für einen Deutschen eine aufregende Sache, auf die man uns in der Kindheit nicht vorbereitet hat. Wir kannten nur tote oder elende Juden, die uns aus zahllosen Fotos oder irgendwo aus dem Exil anstarrten. Sie ohne den Anflug eines Lächelns, wir auf ewig in ihrer Schuld. Und unsere einzige Wiedergutmachung bestand darin,

Sie allesamt in magische Kreaturen zu verwandeln, denen Feenstaub aus allen Löchern kommt, mit überlegenem Intellekt, besonderen Namen und Biografien, die unendlich interessanter sind als unsere eigenen. In unserer Vorstellung ist kein Jude jemals Taxifahrer, in meinem Religionsbuch gab es sogar eine Seite, die berühmten Juden gewidmet war. Und im Musikunterricht mussten wir „Hava Nagila" auf Hebräisch singen, Dr. Seligman – dreißig deutsche Kinder, kein Jude weit und breit, und wir sangen auf Hebräisch, um sicherzugehen, dass wir nach wie vor vollkommen entnazifiziert und voller Respekt waren. Aber wir trauerten nie. Wenn überhaupt, haben wir eine andere Version von uns selbst auf die Bühne gebracht, auf hysterische Weise nicht-rassistisch, jegliche Unterschiede negierend. Mit einem Mal gab es nur noch Deutsche. Keine Jüdinnen, keine Gastarbeiter, keine anderen. Und doch haben wir ihnen nie den Status vollwertiger Menschen zuerkannt oder sie sich in unsere Auslegung der Geschichte einmischen lassen, bis hin zu diesem potthässlichen Steinhaufen, den sie in Berlin aufgestellt haben, um der Opfer des Holocaust zu gedenken. Haben Sie das gesehen, Dr. Seligman? Ich meine, ernsthaft, wer wünscht sich so ein Gedenken? Wer will als Empfänger von Gewalt erinnert werden? Wir sind so sehr daran gewöhnt, die Kontrolle über unsere Opfer zu haben, dass ich selbst nach all den Jahren mein Erstaunen kaum unterdrücken kann, dass Sie am Leben sind, Dr. Seligman, außerhalb unserer Geschichtsbücher und Gedenkstätten, dass Sie sich von unserer Version Ihrer selbst frei gemacht haben und wir jetzt zusammen in diesem Raum sind und tun, was wir tun, dass ich von hier oben fast Ihr schönes Haar berühren kann. Es ist wie ein Wunder. Wobei ich Ihnen vielleicht sagen sollte, dass Ihr Haar oben schon ein wenig schütter wird; nur ganz leicht, nichts, was einen Verehrer abschrecken würde. Aber ich dachte trotzdem, Sie sollten das wissen.

Meinen Sie, dass es dumm von mir war, für Jason keine sinnvollere Verwendung gefunden zu haben, Dr. Seligman? Da bezahlt man mich sogar, um zu einem Therapeuten zu gehen, und mir fällt nichts Besseres ein, als ihm so eine irre Geschichte zu erzählen. Wahrscheinlich sollte ich froh sein, dass er mich nicht in die Klapse eingewiesen hat, weil ich mir Spitznamen für den Schwanz des Führers ausgedacht habe. Aber das war noch, bevor mein Körper zu diesem Problem wurde, das er jetzt ist, als ich noch dachte, ich könne einfach Schwulenpornos gucken und ganz selbstironisch irgendwie der Situation entkommen. Das war noch, bevor ich K kennengelernt habe, Dr. Seligman. Ich hatte zwar schon von meinem Dilemma gewusst, aber es gibt ja verschiedene Ebenen des Verstehens und wie man darauf reagiert. Und im Gegensatz zur allgemeinen Annahme braucht man durchaus einen Körper, um zu lieben. Dieser ganze Müll über die Seele stimmt einfach nicht, man kann eine Seele nicht unabhängig davon lieben, in welcher Form sie einem begegnet. Unsere Gehirne sind so geschaltet, dass wir eine Katze nur als Katze und nicht als Vogel oder Elefanten lieben können. Wenn wir eine Katze lieben, wollen wir auch eine Katze sehen, ihr Fell spüren, ihr Schnurren hören und gekratzt werden, wenn wir sie gegen den Strich streicheln. Wir wollen sie nicht bellen hören, und wenn der Katze plötzlich Federn wüchsen, würden wir sie töten, studieren und sie schließlich als Monster ausstellen. Ich weiß nicht, warum unsere Gehirne so sind, aber K hat mich gelehrt, dass man uns, wenn wir Federn hätten, ohne Flugerlaubnis vom Himmel schießen würde, und die Hunde würden uns schütteln, damit unser Genick auch wirklich gebrochen ist, bevor man uns in eine Tüte stopft und entsorgt. Eine Katze ohne Schwanz oder mit drei Beinen kann unser Hirn gerade eben noch tolerieren, aber jede Ergänzung, alles, mit dem die Katze nicht hätte geboren werden sollen, wird man niemals akzeptieren. Und eine Katze, die bellt, ist eine kranke Katze, die zu viel Zeit in der Gesellschaft von Hunden verbracht hat; so eine Katze würde man nicht als Spielgefährtin für die Kinder im Haus haben wollen, denn, wer weiß – vielleicht ist sie ansteckend, und dann wacht der Cockapoo am nächsten Morgen mit einem Horn an der falschen Stelle auf. Bevor ich K kennengelernt habe, Dr. Seligman, war mir nicht klar, dass wir es da mit absoluten Grenzen zu tun haben und dass keine bellende Katze jemals den Himmel erobert hat.

Kennen Sie das, wenn man auf das eigene Leben zurückblickt und einem plötzlich klar wird, dass man nicht mehr vorgeben kann, etwas nicht gewusst zu haben? Gewissermaßen habe ich immer gewusst, dass ich eine bellende Katze bin, und wo ich jetzt hier mit Ihnen sitze und Sie versuchen, meine Geschlechtsteile zu verstehen, kommen so viele Erinnerungen hoch. Mussten Sie als Kind mit Ihrer Mutter schwimmen gehen, Dr. Seligman? Mussten auch Sie sich mit einem Elternteil in so eine winzige Umkleidekabine quetschen und sich fragen, wie lange es wohl noch dauern würde, bis Ihr eigener Körper genauso aussehen würde? Mit dünner werdendem Schamhaar und kleinen Warzen unter den Achseln? Ich weiß nicht, warum ich nicht einfach draußen warten durfte wie all die anderen Kinder. Vielleicht war es das, was meine Mutter sich unter Nähe vorstellte, aber ich weiß noch, wie mich ihr Körper in Schrecken versetzte, wie ich dachte, dass er das Hässlichste war, was ich je gesehen hatte, und jedes Mal, wenn ihre weiche Haut meine streifte, hatte ich das Gefühl, in diesem engen Kubus voller Wärme und dem Geruch von unseren alten Handtüchern zu ersticken. Damals sagten wir nicht Schwimmbad, sondern *Badeanstalt*, was immer nach Anstalt, nach Psychiatrie klingt, und irgendetwas an dieser Wortwahl sorgte dafür, dass sich diese kleinen Kabinen noch unangenehmer anfühlten als ohnehin schon, als wären sie der erste Schritt zu einem Leben in der Einzelzelle. Noch dazu hatte meine Mutter eine Narbe von dem Kaiserschnitt, mit dem ich auf die Welt gekommen war. Sie war nicht richtig verheilt und sah aus wie ein glänzender roter Wurm, aber statt dankbar dafür zu sein, verachtete ich ihren Körper umso mehr wegen dieses Makels, diesem offenkundigen Zeichen von Schwäche. Und ich wünschte immer, sie würde diese ganze müde Haut in einem Badeanzug verstecken, statt an ihren Bikinis festzuhalten. Draußen würden alle erkennen können, dass mein Körper eines Tages wie ihrer aussehen würde, dass meine Brüste sich in diese furchtbar schlaffen Dinger verwandeln würden, dass violette Streifen anzeigen würden, wo mein Fleisch nachgegeben hatte. Die Leute würden die ganze Tragödie des weiblichen Körpers in verschiedenen Entwicklungsstadien an sich vorbei paradieren sehen, wie diese bescheuerten Lieder, die wir in der Schule im Kanon singen mussten. Wieder und wieder und wieder. Sobald ich aus dem Schrank der Schande entlassen war, Dr. Seligman, hielt ich Ausschau nach dem ersten männlichen Körper in der Nähe, um meinen Blick auf eine flache Brust zu heften, in der geheimen Hoffnung, dass ich verschont bleibe und mein Körper sich nicht verändern würde und ich ewig in meiner kleinen Badehose zum Schwimmen gehen dürfte. Dass meine Mutter eines Tages aufhören würde, mich mit dem Schrecken ihrer körperlichen Existenz zu bedrohen.

Sie haben recht, es kann sein, dass meine Mutter gar nicht so hässlich war, aber auch später bin ich nie über die Enttäuschungen des Körpers hinweggekommen, über die Diskrepanz, die meine Einbildung und diese ganzen nutzlosen Teenie-Magazine geschaffen hatten. Sie kriegen mehr Nackte zu Gesicht als ich, Dr. Seligman, und sicher stimmen Sie mir zu, dass diese menschengemachte Aufregung rund um den Körper nicht gerechtfertigt ist. Das ist nur eine Illusion, die uns auf Trab hält, die Tatsache, dass wir uns diese antiken Statuen angucken und denken, dass eines Tages wieder solche Sterblichen geboren werden, dass sie Abbilder echter Menschen wie Sie und ich darstellen. Ich will damit nicht sagen, dass Sie unattraktiv sind, Dr. Seligman – Sie sind natürlich ein gut aussehender Mann, selbst mit dem Haarausfall und so –, aber, wissen Sie, niemand würde jemanden wie uns in Marmor gehauen sehen wollen. An uns ist nichts, das Musik oder Poesie inspirieren könnte, das irgendwen von Sehnsucht geplagt nachts wachhalten würde. In diesem Punkt unterscheiden wir uns von Tieren: Bis auf wenige Ausnahmen erfüllen sie optisch die Erwartungen, sehen aus wie tadellose Repräsentanten ihrer Spezies, würdevoll und formvollendet. Deshalb gibt es keine idealisierten Versionen von Tigern oder Pandabären, und nur ein perverser Geist würde sich ein ideales Pferd vorstellen – Sie wissen schon, es gibt ja diese komischen Leute, die sich neben einem Pferd einen runterholen, weil alles andere in den meisten Ländern verboten ist. Aber wenn ich hier aus dem Fenster schaue und die Leute da unten betrachte, die größtenteils aussehen, als wären sie unterwegs zu einem Casting für den Glöckner von Notre-Dame, denke ich, dass diese Pferdeficker vielleicht auch alles richtig machen. Was, wenn sie die Erleuchteten sind und erkannt haben, dass man sich zu viel vormachen muss, bis man Menschen attraktiv findet, dass man genauso gut ein Pferd ficken kann? Und natürlich reden Pferde nicht, Dr. Seligman, also muss es viel leichter sein, sie zu lieben.

Wahrscheinlich gibt es einen einzigen Zeitpunkt, zu dem Menschen wirklich schön sind. Das ist wahrscheinlich ein Anzeichen dafür, dass ich endgültig zu einer versauten alten Tante werde, aber es gibt einen Zeitpunkt in der Jugend, wenn die Körper noch fest und frisch sind, ein bisschen wie bei Pferden, wenn sie erwachsen, aber noch ohne die damit einhergehende

Hässlichkeit sind. Noch bevor sie ans Häuserbauen und Haarekämmen denken, bevor sie alt genug sind, um in einem Testament erwähnt zu werden – das ist der Zeitpunkt, zu dem man noch Gedichte über sie schreiben kann. Jetzt bin ich über dreißig und alt; nichts ist gestern passiert, alles ist schon ein paar Jahre her. Und mein Körper reagiert auf alles mit Hämorrhoiden und widerlichen Körperflüssigkeiten. Ich werde nie verstehen, warum mein Bauchnabel manchmal nässt, Dr. Seligman, aber ich kann mich an dieses frühere Alter noch erinnern. Diese Jahre, wenn sich alle ekligen Onkel auf Familienfeiern zusammentun und versuchen, einen zu belästigen, wenn man sich noch ganz sicher ist, dass das Leben irgendwann mal eine interessante Wendung nehmen wird, bis man versteht, dass die eigene Familie nur aus langweiligen Arschgeigen besteht und es generell nicht besonders gut mit einem meint. Bevor man begreift, dass die eigenen Cousinen und Cousins die schlimmste Konkurrenz und die meisten Leben nicht enden wollende Wiederholungen der immer gleichen Fehler sind, der immer gleichen Verzweiflung, des immer gleichen schlechten Geschmacks. Ich habe schon vor Jahren zu einem Großteil meiner Familie den Kontakt abgebrochen, und auch wenn das bedeutet, dass ich allein in einem nach Pisse stinkenden Heim, wo einen die Pfleger mit ihrer dreckigen Unterwäsche knebeln, sterben werde, heißt es eben auch, dass ich es geschafft habe, mich von der schlimmsten Art von Gespräch überhaupt zu befreien, dem Gespräch zwischen Familienmitgliedern und insbesondere zwischen Tanten. Das ist, als würde man sich einen Staubsauger ins Hirn stecken und die Funktion umstellen, und es gibt keine Gnade: Der Kopf wird nicht einfach explodieren, was ein Segen wäre. Stattdessen muss man ein Leben lang diesem hohlen Lärm zuhören. Denn Blut ist dicker als Wasser, und alle sind sie irgendwann gegenseitig aus den Gebärmüttern der anderen gekrochen. Das ist eine der wenigen Sachen, die mich trösten, Dr. Seligman – dass ich es geschafft habe, das hinter mir zu lassen, und sie würden so oder so nicht verstehen, was gerade mit mir passiert. Die meisten Tanten haben ja nicht mal Verständnis, wenn man mit seinem Leben etwas anderes anstellen will außer Kinder kriegen und sterben, wie sollten sie? Und selbst wenn ich versuchen würde, mit ihnen zu reden, würden sie bloß von mir wissen wollen, was nach dem Tod meines Großvaters mit dem Vermögen meines Urgroßvaters passiert ist. Und auf diese Frage habe ich keine Antwort, ich meine, wer weiß schon, was in den Köpfen alter Leute vor sich geht? Die sind wie Kinder, nur mit Geld und noch weniger Moral; sie sind getrieben durch ihre letzten Begierden und kennen dabei keine Hemmungen. Sie machen mir Angst, Dr. Seligman, und manchmal habe ich Albträume von den Händen meines Großvaters und wie sie immer darauf beharrten, Dinge festzuhalten, für die ihre Kraft nicht reichte.

Sind Sie sicher, dass Sie nicht ans Telefon gehen wollen, Dr. Seligman? Mir macht es wirklich nichts aus. Ich höre Ihnen eigentlich ganz gern zu; anders als ich haben Sie so einen wunderbar britischen Akzent, und Sie sind zu intelligent, um dabei schnöselig zu klingen. Es könnte ein Notfall sein, oder vielleicht ist es

Ihre Frau. Ist sie das auf dem Bild da drüben auf Ihrem Schreibtisch, oder ist das Ihre Mutter, Dr. Seligman? Bei manchen Männern ist es schwer zu sagen, wem ihr Herz gehört, aber ich würde sagen, dass Sie einer von diesen glücklich Verheirateten mit gebügelten Pyjamas sind, die sich gar nicht vorstellen können, unglücklich zu sein. Außerdem gehören Sie einer stark verfolgten Minderheit an, insofern haben Sie sicher viele Kinder; die sind Ihr Ausdruck des Widerstands. Ich kann das nachvollziehen, es war bestimmt ein Riesentriumph, Ihre Frau zu schwängern und dabei an all jene zu denken, die das unmöglich machen wollten. Auf gewisse Weise sind Sie also wie ich und denken bei Ihren Höhepunkten an Hitler. Ich mache nur Spaß; bestimmt haben Sie an Blumen gedacht oder daran, wie schön Ihre Frau ist, und ich bin mir auch sicher, dass alles ganz würdevoll abgelaufen ist. Aber finden Sie es nicht ein bisschen besitzergreifend, sich jemandes Porträt auf den Schreibtisch zu stellen? Jemanden so anzuhimmeln, vor allem eine Frau, bedeutet doch auch, die Person in der eigenen Perspektive zu begraben, finden Sie nicht? Ich hatte immer den Eindruck, dass Männer nicht fähig sind, Frauen um ihrer selbst willen zu lieben, und deshalb haben sie sie in Kuchen verwandelt – Sie wissen schon, diese opulenten deutschen Torten. Etwas, das schön hergerichtet ist und von dem man tagelang zehren kann, wenn es sein muss, das eine ganze Familie ernähren könnte, das man aber niemals im Laden kaufen würde, wäre es nicht makellos. Und irgendwann haben sie angefangen, diese Unterdrückung Liebe zu nennen; ich meine, schon klar, keiner mag hässliche Menschen, aber ich halte es schon für relativ weit hergeholt, dieses Gefühl als etwas Positives zu betrachten, das im Gegensatz steht zu Dingen, an denen wir noch arbeiten müssen wie Achtsamkeit und Plastikstrohhalme. Gucken Sie sich doch die Frauen auf ihren Hochzeitsfotos nur mal an, und stellen Sie sich diese grauenhafte deutsche Torte dazu vor, die aus unzähligen Schichten Buttercreme besteht und nur erfunden wurde, um Rentnern beim Sterben zu helfen, und dazu die Männer in Anzügen, die einer weiteren Frau zulächeln, die auf diesen Scheiß reingefallen ist, die sich selbst in dieses süße Ding hat verwandeln lassen und sich gar nicht mehr traut, sich zu bewegen, weil dann Teile ihrer Dekoration abfallen oder die anderen bemerken könnten, dass sie nicht so auf die Welt gekommen ist. Dass da ein Gesicht unter dem Gesicht steckt und ein Herz unter all den Schichten weißen Tülls schlägt, Erinnerungen an eine scheinbar längst vergessene Tyrannei der Unschuld, an Generationen von Frauen, die ihre Freiheit eingetauscht haben für diesen einen Tag in ihrem Leben, an dem sie ehrlich glauben können, dass sie das fickbarste Stück im Raum sind und dass es um sie geht und nicht darum, ihren Willen zu brechen. Ist jemanden zu lieben nicht so ähnlich, wie mit einer von Mr. Shimadas Sexmaschinen zu schlafen, Dr. Seligman, oder einer toten, wehrlosen Person, die nicht mehr anfechten kann, was über sie gesagt wird? Ich würde mir auch wünschen, dass es anerkannter wäre, schlecht von den Toten zu sprechen, ich habe das Gefühl, so würden wir uns selbst und unserer Geschichte näherkommen und müssten nicht irgendwelche Mythen darüber aufrechterhalten, wie

schön unsere Großmütter waren und dass ihr Damen-
bart erst mit dem Alter kam, anstatt zuzugeben, dass
sie in Sachen Gesichtsbehaarung schon immer mit
den Schnurrhaaren unserer Katze mithalten konnten.
Ich wünschte, wir hätten nicht diesen Drang, stolz auf
etwas zu sein, das überhaupt kein Potenzial hat. Aber
ich bin mir sicher, dass Sie nie versucht haben, Ihre
Frau unter Schichten von Buttercreme zu ersticken, Dr.
Seligman. Vielleicht sind Sie sogar so ein Romantiker,
der keine Pornos guckt, ein Mann, der sich nicht einmal für die Laster interessiert, die er sich mit seinem
Geld leisten könnte.

Liebe lässt mich oft an Blut denken, Dr. Seligman.
Finden Sie nicht, dass sie sich recht ähnlich sind? Blut
ist nur schön und symbolträchtig, solange es an Ort und
Stelle bleibt, sobald wir es aber auf jemandes Gesicht ver-
schmiert sehen oder eingetrocknet auf einem Handtuch,
stößt uns das ab, weil unser Denken die Lücken sofort
mit Gewalt und Kontrollverlust füllt. Liebe, genau wie
Blut, muss eine Geschichte sein, die wir erzählen können. Wenn man sie aus den Bilderrahmen und Venen,
in die wir sie hineingezwungen haben, befreit, kommt
es zur Hysterie, und man versucht mit aller Gewalt,
sie dorthin zurückzuzwingen, wo sie hingehört, um
das Ansteckende zu bändigen; denn gleich dem Blut
gibt die Liebe Leben, und doch steckt in beiden auch
all das, was uns umbringt, vor dem wir Angst haben,
all die Krankheiten, die Dracula seinen Ratten mit-
gegeben hat. Es gibt so etwas wie eine Hygiene in der
Liebe, finden Sie nicht? Genau wie ich nicht einfach
durch die Gegend laufen und mein Blut überall hin-

schmieren kann, denn man hat ja Unmengen an Produkten entwickelt, damit Frauen ihr schmutziges Blut nicht in der Öffentlichkeit verlieren, kann ich auch nicht durch die Gegend laufen und lieben, wie es mir gerade passt. Das Blut, das wir auf der Straße sehen, könnte von irgendwem sein; es ist nicht sofort klar, ob es von einem Menschen oder einem Tier stammt, und wir wissen nicht mal, wie es dahin gekommen ist, ob es einen Schuldigen gibt oder ob sich jemand selbst etwas angetan hat, weil es einfach nicht mehr auszuhalten war. Ob eine Waffe oder schlicht die eigenen Zähne verwendet wurden. Blut auf der Straße bedeutet Aufruhr, genau wie Liebe, die aus dem Rahmen fällt, eine Erinnerung an all den Schmerz, der uns unausweichlich erwartet. Verstehen Sie mich nicht falsch – ich sage nicht, dass man mich auf kleine Kinder auf dem Spielplatz loslassen sollte oder so, aber wir haben eine so eindeutige Vorstellung davon, wie eine Liebesgeschichte auszusehen hat, dass man uns, sollten wir losziehen und unser Herz auf andere Weise benutzen wollen, sagen wird, auch wir hätten Ratten im Keller und tränken Blut, wenn keiner hinsieht. Aber die Leute sind selber Schuld, Dr. Seligman; wenn sie nicht versucht hätten, meinen Körper in einen ihrer Bilderrahmen zu zwängen, mich zum Lächeln zu zwingen, obwohl nichts Wahres mich umgab, dann hätte ich nie versucht, wie sie zu sein, und K und ich hätten nicht diese ganzen anderen Farben gebraucht, um uns gegenseitig ein anderes Universum auf die Körper zu malen.

K konnte weinen wie ein Kind. Er schluchzte dann und rieb seine Augen, und seine Unterlippe schob sich vor, der allgemeinen Ungerechtigkeit seines Schicksals zum Trotz. Ich weiß nicht, ob er das auch seinen Kindern beigebracht oder es sogar von ihnen gelernt hat, aber später hat er mir mal erzählt, dass er sich in diesen Momenten wirklich wie ein Kind fühlte, als ob sein Körper wieder klein wäre, unfähig, der Gewalt der anderen zu entkommen, der unausweichlichen Schwäche der eigenen Glieder, der Kraft, die den eigenen Anstrengungen ewig überlegen ist. Der aufsteigenden Übelkeit nach einem Schlag auf die Nase, wenn man das eigene Blut riechen kann. Und so hat er einen Weg aus seinem Körper gefunden, und obwohl es schmerzhaft war, wusste er, dass unser Fleisch voller Lügen ist, dass wir den Geschichten, die unserer Haut eingeschrieben sind, niemals trauen dürfen. Deshalb mussten wir zueinanderfinden, glaube ich. Als er das erste Mal geweint hat, Dr. Seligman, habe ich ihm nur zugesehen, wie man ein wildes Tier betrachten würde, das plötzlich entschieden hat, sich zu zeigen und nicht wegzulaufen, und wie bei einem Tier habe ich mich anfangs nicht gerührt, habe ihm nichts so Billiges wie Trost angeboten, sondern einfach zugesehen, wie er in sein Selbst zurückkehrte. Er vergoss die großen Tränen, die nur selten aus Erwachsenenaugen quellen, diese Tränen, die noch an Abenteuer und Geborgenheit glauben. Diese Tränen, die an Märchen glauben, die friedlich schlummern in dem Wissen, dass die Dunkelheit vor ihren Fenstern nicht echt ist, sondern nur in der Fantasie der Eltern existiert. Und hinterher waren seine Augen so klar. Ich kann es nicht besser ausdrücken, Dr. Seligman, aber sie waren nie gerötet; stattdessen sahen sie ganz frisch aus. Als wäre die Schöpfung gerade erst passiert, als sähe er die Welt wieder zum ersten Mal, als wären die Farben alle neu für ihn. Als würden wir jede Nacht einschlafen in dem Wissen, dass wir in unseren Träumen fliegen können.

Aber ich will Sie nicht mit meinem gebrochenen Herzen und dieser ganzen K-Geschichte langweilen, Dr. Seligman. Es kommt mir so klischeehaft vor, sich in einen Künstler zu verlieben, und Sie hören bestimmt viele merkwürdige Geschichten in Ihrem Beruf, von all den Körpern, die Veränderungen brauchen, und wer weiß, vielleicht stört es Sie ja auch, dass ich etwas mit einem verheirateten Mann hatte. Außerdem hat Jason mir gesagt, dass ich mich weniger auf mich selbst fokussieren soll und dass es mir helfen könnte, mit meinen Problemen fertigzuwerden, wenn ich Interesse an anderen zeige. Aber ich finde das wirklich schwierig; die meisten Leute sind so öde, finden Sie nicht? Ich wünschte, ich könnte die anderen Bilder auf Ihrem Schreibtisch von hier aus sehen – sieben, nicht? Bestimmt sind Ihre Kinder darauf zu sehen, vielleicht sogar Ihre Enkel. Ich könnte mir vorstellen, dass Sie recht jung geheiratet haben und dass Ihre Kinder Ihrem guten Beispiel gefolgt sind und immer gebügelte Kleidung tragen und dass Sie regelmäßig Familientreffen veranstalten, auf denen alle sehr liebevoll und fröhlich sind. Wo sogar die gelegentliche Tragödie Teil des Narrativs ist. Würden Sie mir verzeihen, wenn ich Ihr Kind wäre, Dr. Seligman? Ihre hässliche deutsche Tochter, die aus dem edlen Schoß Ihrer Frau gefallen ist wie ein fauliger Apfel? Ich denke oft an meinen Vater, wenn ich etwas Unrechtes tue, und es macht mich immer so traurig, weil ich weiß, dass er mir nie vergeben würde. Es ist ja nicht so, dass ich nie eine Schwangerschaft in Erwägung gezogen hätte – eine Schwangerschaft ist ja die naheliegende Überlegung für Frauen meines Alters. Ich kann meinen Computer schon gar nicht mehr einschalten, ohne mit Werbung für Schwangerschaftstests und Windeln bombardiert zu werden, Bilder von dem Glück, das ich verpasse. Also habe ich mir einen „Baby an Bord"-Anstecker geholt, um ihn in der U-Bahn zu tragen; man konnte die auf so einem Markt in der Nähe vom Büro kaufen, und ich dachte, warum nicht? Wir lügen bei so vielem, warum nicht auch in Bezug auf unseren Uterus? Und direkt als ich den kleinen Anstecker gekauft habe, kam das erste Lächeln, wissen Sie? Dieses Lächeln, das man nur geschenkt bekommt, wenn jemand glaubt, dass man ein vollständiges und sinnerfülltes Leben führt, wenn alle sehen können, dass man aus gutem Grund Sex hatte und der eigene Körper nicht länger einem selbst gehört. Ich fand dieses Lächeln toll, und eine Zeit lang war ich ziemlich besessen von den Kräften, die mir der Anstecker plötzlich zu verleihen schien. Ich konnte jeden nach einem Gefallen fragen, und zwar allein aus dem Grund, dass ich, wie man auf Deutsch sagt, ein anderes Leben *unterm Herzen* trug. Ich will gar nicht behaupten, diese plötzliche Großzügigkeit verdient zu haben, Dr. Seligman, wo wir doch alle wussten, dass es keinen Grund gab zu glauben, dass sich dieses neue Leben unter meinem Herzen als weniger banal erweisen sollte als das von allen anderen. Trotzdem ist es ein heiliger Moment, so blau und schön wie das Gewand der

Jungfrau Maria, ein Moment, in dem man endlich zu dem Menschen wird, der man ist. Und ich schwelgte in meiner Heiligkeit, machte mich in meiner Würde regelrecht unantastbar, indem ich einen meiner Ringe so drehte, dass er wie ein Ehering wirkte, schlicht genug für einen Ehemann, der im Anzug zu Hause auf mich wartete. Es war fast, als wäre ich einer Religion beigetreten und endlich in der Lage, andere zu verachten.

Aber der Anstecker brachte auch gewisse Einschränkungen mit sich, und ich trug ihn nicht mehr, als mir klar wurde, dass er jedem dahergelaufenen Idioten die Erlaubnis gab, mir den erhobenen Zeigefinger in den Arsch zu stecken und mich zu ertränken in seiner Sorge um das ungeborene Leben, die dem Leben außerhalb der Gebärmutter ja nur äußerst selten zukommt. Sogar ich weiß, dass niemand Mütter mag. Und selbst die Sorge um das Ungeborene ist eine Lüge, Dr. Seligman. Ich meine, wussten Sie, dass man bis heute keinen Sicherheitsgurt für Schwangere erfunden hat und dass zahllose ungeborene Kinder von diesen unnachgiebigen schwarzen Dingern erdrosselt werden? Ich weiß noch, wie sie in meinen Hals eingeschnitten haben, wenn ich als Kind nicht ordentlich saß, und meine Mutter mir gesagt hat, ich soll den Rücken gerade machen. Das ist eins von diesen unauffälligen Materialien, die einen in Sekundenschnelle umbringen, da kriege ich die blanke Panik, genau wie bei Angelschnüren und Strumpfhosen. Es ist ausgeschlossen, dass sie reißen, bevor man erstickt, und während es vielleicht irgendwie sexy ist, mit Strumpfhosen herumzuspielen, scheint es inakzeptabel, durch eines dieser anderen Objekte zu sterben, von einer der vielen Banalitäten des Lebens erwürgt zu werden. Aber ich kann mir sowieso kein Auto leisten, also ist das eigentlich kein Problem für mich, dennoch regt es mich auf, dass alles, sogar die Zeit, dem sogenannten männlichen Körper angepasst ist, dem Körper mit Schwanz, der die halbe Weltbevölkerung dem Risiko aussetzt, durch Alltagsgegenstände zu sterben. Und ich bin mir sicher, die Liste reicht von Zahnbürsten bis hin zu Aufzügen, Thermoskannen, Klavieren und Klobrillen. Es könnte natürlich sein, dass Männer auf diese Extrahilfe angewiesen sind – man kann nicht mal Sex mit ihnen haben, ohne dass sie eine Erektion haben –, aber ich frage mich trotzdem, obwohl mich das selbst nicht mehr betrifft, ob Sie das nicht auch ärgerlich finden? Oder denken Sie gar nicht darüber nach? Ich habe oft versucht, die Leere am anderen Ende des Aufschreis zu verstehen, warum Männer wie Sie vergnügt ihre besseren Hälften so lange in einen Käfig gesperrt haben? Einen Käfig, der natürlich nach ihren eigenen Maßen bemessen ist; es war immer, wie einen Tiger im Löwenkäfig zu halten, während die Leute behaupteten, es gebe kaum einen Unterschied zwischen den beiden. Und doch waren sich alle einig, dass man den Löwen und sein Selbstverständnis unmöglich in einem Tigerkäfig halten könne. Irgendetwas an dem Tigerkäfig ist grundsätzlich lächerlich, so wie man vielleicht sagen würde, dass ich in Ihrem Anzug ziemlich schneidig aussähe, Dr. Seligman, man Sie allerdings für durchgeknallt hielte, wenn Sie sich ein Kleid oder einen Rock, die ich jetzt eh nicht mehr trage, von mir ausleihen würden. Das wäre das Ende

Ihrer Männlichkeit, Ihres Lebens als Mann – Sie wären ein Löwe ohne Mähne, schwach und gedemütigt, und ich weiß nicht so richtig, ob ich deswegen wütend sein oder Mitleid haben soll.

Habe ich Ihnen schon gesagt, dass ich Ihre kleinen Hände mag, Dr. Seligman? Ich weiß, dass viele Frauen da eine andere Meinung hätten, aber ich finde sie wunderbar weich und ideal geeignet für Ihren Beruf. Sie fühlen sich beinahe wie kleine Kätzchen an, von Anfang an ganz warm; Ihre Frau ist sicher sehr glücklich. Ich verstehe auch gar nicht, warum an Männern immer alles so übergroß sein muss, warum so viele Frauen das Bedürfnis haben, sich klein zu fühlen. Wahrscheinlich ist das einer der Gründe, warum sich nach dem Ende meiner Pfirsichhautjahre, als die ekligen Onkel sich zurückgezogen hatten, die Männer sich kaum je für mich interessierten; manche Teile meines Körpers scheinen nie zu einer Frau gehört zu haben, sehen Sie sich nur mal meine Hände an, ich bin mir sicher, die sind größer als Ihre, ganz zu schweigen von meinen Füßen, die schon seit meiner Pubertät Männergröße haben. Finden Sie es nicht dumm, alles aus dieser Perspektive zu betrachten, wo sie doch eindeutig nicht stimmt? Schon allein wegen meiner Füße habe ich mich jahrelang wie ein Ungeheuer gefühlt, ganz zu schweigen von all den Produkten, die entweder für Männer oder für Frauen sind, all die Farben und Gerüche, die jeweils mit Menschen mit oder ohne Schwanz assoziiert werden. Ich habe noch nie verstanden, warum ausgerechnet das die erste Einteilung ist, die wir bei Menschen vornehmen, warum wir ein bis hin zu öffentlichen Toiletten reichendes System brauchen, um die zwei voneinander zu unterscheiden. Ich persönlich habe schon vor langer Zeit begonnen, auf die Herrentoilette zu gehen, nicht erst, seit ich mich kleide wie ein Mann, teils weil es keine Schlangen gibt und teils um zu sehen, wie es sich anfühlt. In vielerlei Hinsicht haben mir öffentliche Toiletten mehr über mich selbst beigebracht als die meisten anderen Orte. Für mich sind es wichtige Alltagsräume, Dr. Seligman, und in einem solchen habe ich mich auch zum ersten Mal ausgeschlossen gefühlt. Nie habe ich dort meiner besten Freundin ein Geheimnis erzählt, nie mein Make-up aufgefrischt und nie den Namen meines Schwarms auf eine dreckige Wand geschmiert. Dort fühlte ich auch zum ersten Mal, dass ich nicht an einen Ort gehörte, der exklusiv für Frauen gedacht war; ich fühlte mich nicht zugehörig und wusste, dass ich nie diese Momente der Aufregung, der Nähe und Trauer erleben würde, die andere Frauen vor diesen angelaufenen Spiegeln zusammenschweißten. Es war ja nicht so, dass ich keine Freunde hatte, aber die Tatsache, dass ich diese Orte benutzen musste, weil sich mein Körper zu dieser speziellen Form hin entwickelt hatte, fühlte sich schlichtweg falsch an, und deshalb ging ich, sobald ich gelernt hatte, eigenständig zu denken, stattdessen auf die Herrentoilette. Das Wichtigste aber ist, Dr. Seligman, dass ich so K kennengelernt habe.

Sie wollen wissen, wie ich jemanden auf einer öffentlichen Toilette kennengelernt habe? Normalerweise gehe ich mit diesem Detail ja nicht hausieren, aber da Sie fragen, Dr. Seligman: Die meisten Männer fühlen sich bedroht, wenn man sich ihre Schwänze so direkt angucken kommt, wenn man sehenden Auges in einen ihrer letzten Rückzugsorte vordringt, aber K reagierte ganz anders. Ich wusste sofort, dass er die Herausforderung suchte und dass alles, was danach passierte, sich schon in diesem Moment abzeichnete. Bitte denken Sie jetzt nicht, dass ich schon immer auf die Herrentoilette ging, um mit Fremden Sex zu haben, Dr. Seligman – so war es nicht mit K, wir haben uns dort einfach kennengelernt, nicht mehr. Und nicht weniger. Ich stand hinter ihm, als sich unsere Blicke im Spiegel trafen, und ich vergaß sofort, dass außer uns noch andere Leute in dieser ranzigen Pubtoilette waren. Genauso wie ich vergaß, dass ich eigentlich pinkeln gehen wollte; der Drang war plötzlich verschwunden, mein ganzer Körper und alle Verpflichtungen, die er mit sich bringt, waren plötzlich verschwunden, und alles, was ich sehen konnte, war Ks Schwanz. Er verstand das, und dann – diese Geste rührt mich noch immer, Dr. Seligman – wartete er, bis alle anderen Männer gegangen waren, und wusch sich in einem dieser winzigen Waschbecken mit getrennten Wasserhähnen für warmes und kaltes Wasser. Da wusste ich, dass ich ihm vertrauen konnte, dass es sicher war, mit ihm in einer der kleinen Kabinen zu verschwinden. Vielleicht war es das, wonach ich in all diesen Toiletten gesucht hatte; vielleicht war K einfach der Erste, der begriff, dass ich nichts anderes wollte, als einem völlig Fremden einen zu blasen und alles andere zu vergessen. Der Erste, der meinen stillen Blick lesen konnte. Wahrscheinlich spielt es jetzt keine Rolle mehr, aber das war das erste Mal in meinem Leben, dass ich zu echter Hingabe bereit war, und ich wollte nichts anderes von ihm; ich wollte nicht, dass er versuchte, mich zu befriedigen. Ich wollte nur dort mit dem Rücken zur Wand hocken, während er meinen Kopf fest in den Händen hielt und mich in den Mund fickte. Ich war zufrieden mit seinen Händen in meinem Haar und meiner Zunge unter seinem Schwanz, während er rein- und rausglitt. Als er hinterher anbot, mich zu fingern, lehnte ich ab, es war mir geradezu peinlich, dass es diese Möglichkeit überhaupt gab. Und trotzdem hatte ich noch nie eine so tiefe Befriedigung verspürt. Sie wissen darüber wahrscheinlich mehr als ich, Dr. Seligman, aber meinen Sie nicht, dass wir von unserem Verlangen nach Orgasmen in die Irre geführt werden?

Ich dachte an meinen Vater, während wir es taten. Es ist quasi die Kehrseite davon, den eigenen Eltern beim Sex zuzusehen – sich vorzustellen, wie sie einem dabei zusehen, wie man harten Oralsex mit einem Fremden auf einer dreckigen Toilette hat. Ich habe das nicht gemacht, weil es mich angetörnt hätte, Dr. Seligman; mir gefällt die Vorstellung, das andere zusehen, aber nicht so, und ich bin noch nicht an dem Punkt angekommen, an dem es mir Befriedigung verschafft, meinen Vater zu enttäuschen. Bei meiner Mutter bin ich schon seit Jahren so weit, aber bei Müttern macht das kaum einen Unterschied. Es ist ja nicht so, dass man sich je von ihrer Liebe befreien könnte, von dieser animalischen Zuneigung, die den Kindern noch in den finstersten Bau folgen würde, die Art Liebe, die Rechtfertigungen für Marc Dutroux und Harold Shipman erfindet. Sie gleicht dem Schleim, mit dem meine

Mutter mich umhüllt hat, bevor sie mich auf diese Welt gepresst hat, und die Idee, dass ich einst Teil ihres Fleisches war, erfüllt mich noch immer mit Grauen. Ihre Liebe war immer zu viel, zu peinlich, zu indiskret. Die Liebe eines Vaters steht dazu in keinem Vergleich; es liegt eine gewisse Freiwilligkeit darin – man kann sie sich verdienen und, natürlich, auch wieder verspielen. Die Liebe unseres Vaters zu erlangen, ist in vielerlei Hinsicht unsere erste Errungenschaft, haben Sie schon mal gesehen, wie sehr Babys flirten? Sie müssen ahnen, dass niemand sie allein wegen der Liebe ihrer Mütter respektieren wird und dass alle es unendlich viel rührender finden, wenn es gelingt, ein widerstrebendes Herz zu erobern. Sehen Sie sich doch nur mal an, wie viel schlechte Presse alleinerziehende Mütter hier in Großbritannien und anderswo bekommen; ohne die Liebe eines Vaters sind die Erfolgsaussichten ziemlich mau. Wir sind darauf angewiesen. Ich habe keine Ahnung, wie es aus Elternperspektive ist, und werde es womöglich nie erfahren, aber interessieren Sie sich, abgesehen von diesen sieben Bilderrahmen, tatsächlich für Ihre Kinder, Dr. Seligman? Haben Sie das Gefühl, etwas Besonderes zu sein, weil Sie sich nicht davongemacht haben, als sie noch klein waren? Denn wir alle wissen, dass Sie das hätten tun können, und es wäre okay gewesen. Nur Frauen scheinen ewig an der Nabelschnur zu hängen, ist Ihnen aufgefallen, dass Frauen, wenn sie ihre Kinder verlassen, um ihren Träumen von Geld, jüngeren Männern und einer glücklichen Vagina nachzugehen, sich in Monster verwandeln? Dass sie in unserer Vorstellung allesamt vom Teufel verführt worden und zu unmoralischen Überbringerinnen von Sodomie und Wollust geworden sind? Ich denke manchmal, dass manche Frauen, sobald sie begreifen, was es bedeutet, als Mutter wahrgenommen zu werden, Mittel und Wege finden, ihre ungeborenen Kinder noch in der Gebärmutter mit jener Nabelschnur zu erdrosseln, die sie ansonsten an ein Leben der Selbstauslöschung und die ekelhaften Einmachgläser ihrer Schwiegermütter gekettet hätte. Trotzdem hatte ich nie Mitleid. Ich habe meine Mutter nie bemitleidet; wenn überhaupt, war ich wütend, weil sie sich entschieden hatte, mich auf diese Welt zu bringen, anstatt mich zu beseitigen, bevor es irgendwem auffiel. Weil sie sich nicht entschieden hat, frei zu sein.

Haben Sie je offen mit Ihrem Vater gesprochen, Dr. Seligman? Ich habe meinem nie irgendwas erzählt, weil ich immer dachte, dass Schweigen besser ist als offene Enttäuschung, als ihm eine Geschichte zu erzählen, die er nie würde verstehen können. Wir haben sowieso nicht viel miteinander geredet; mein Vater war Epileptiker und wegen seiner Medikamente meistens weggetreten, und ich glaube nicht, dass er mit seinem eigenen Vater sonderlich viel gesprochen hat. In seinem Elternhaus, wo alle das Schweigen meines Urgroßvaters geerbt hatten, konnte er es nicht lernen. Ich hatte immer Angst, dass es einen seiner furchtbaren Anfälle auslösen könnte, wenn ich ihm sagen würde, was wirklich los war. Dass er an seiner eigenen Kotze ersticken würde, nur weil ich nicht begreifen wollte, wie man ein Mädchen ist. Dabei begann alles damit, wie er sonntagmorgens im Bett lag und versuchte, sich von seinem Leben als Waschmaschinenvertreter zu erholen. Das ist kein Witz – diesen Beruf gab es damals wirklich, und einmal im Jahr wurde er sogar auf die jährlich stattfindende Konferenz der Waschmaschinenentwickler nach Nürnberg eingeladen. Die finstere Ironie dabei ist mir erst viel später aufgegangen, Dr. Seligman, aber ja – welche andere Stadt könnte dermaßen verzweifelt sein, so eine Veranstaltung auszurichten? Wo sonst kriegen die Leute feuchte Träume beim Gedanken an saubere Wäsche, endlose Wäscheleinen voller frisch gewaschener Hemden, die in einer sommerlichen Brise flattern –, wir hatten sogar eine Fernsehreklame, die dieses bescheuerte Bild propagierte. Alles, um diese andere jährliche Veranstaltung vergessen zu machen, die dort einst stattgefunden hatte, und die berühmten nach der Stadt benannten Gesetze, die Menschen in Kategorien wie Herren- und Untermenschen eingeteilt hatte, wo anhand von unfassbar stümperhaften kleinen Tortendiagrammen darüber entschieden worden war, wer zu leben verdiente und wer nicht, wer falsch gefickt hatte und wer nicht. Und das Beste, das ihnen neben der jährlichen Konferenz der Waschmaschinenentwickler eingefallen ist, war dieser grausige Weihnachtsmarkt, der nichts anderes ist als eine Fassade, die ihren Mangel an Trauer verdeckt. Das ist ihre Art, so zu tun, als wäre es das Einzige, was je dort passiert ist, als hätten sie schon seit dem Mittelalter bloß überteuerten Holzscheiß verkauft und nie etwas anderes in ihre Öfen geschoben als *Lebkuchen* – Sie wissen schon, auch so ein deutsches Ding. Das ist so typisch, und diese Unfähigkeit anzuerkennen, dass sie

49

weit mehr verloren haben als ihre Bausubstanz, macht mich wahnsinnig wütend, Dr. Seligman, und wenn ich daran denke, dass es in London jetzt auch solche Weihnachtsmärkte gibt, wird mir ganz schlecht. Warum lassen sie die Leute nicht einfach in Ruhe?

Jedenfalls hat meine Mutter mich sonntagmorgens oft ins Schlafzimmer geschickt, damit ich meinen Vater wecke, und ich wusste, dass er unter der Bettdecke, die ich ihm wegzog, in der Regel nackt war. Die Leute denken oft, dass der deutsche Umgang mit Nacktheit total fortschrittlich ist, ein Zeichen unserer Befreiung, aber wenn ich jetzt an die Nacktheit meines Vaters zurückdenke, kommt mir das nicht besonders freiheitlich vor, Dr. Seligman; wenn überhaupt, wird damit gezeigt, dass es nichts zu verbergen gibt. Dass der eigene Körper gesund ist und man nicht plötzlich einen dritten Nippel oder einen Hinkefuß ausgebildet hat, dass man nicht versehentlich einen Juden gefickt und die gesamte Rasse verunreinigt hat. Dass einem Geheimnisse Angst machen. Diese Nacktheit war in keiner Weise inspirierend, aber mir kam doch ein seltsamer Gedanke, als ich seinen Penis in der Stille des Elternschlafzimmers betrachtete. Ich konnte nicht sonderlich viel erkennen – eigentlich nur Haare und Hoden, ein perfektes Beispiel der Sittsamkeit –, aber trotzdem dachte ich plötzlich, dass man vielleicht einen im Laden kaufen könnte. Dass es irgendwo zwischen Barbiepuppen und Knete eine Abteilung gab, in der ich meinen eigenen Schwanz finden könnte; so einfach war das in meiner Vorstellung. Ich dachte, da wäre nichts dabei, genau wie mir die Idee gefiel, meine

Schamlippen loszuwerden. Vielleicht wissen Sie ja, Dr. Seligman, dass *labia* auf Deutsch *Schamlippen* heißen; und noch heute ist es mir unangenehm, dieses Wort auszusprechen, und niemals hätte ich den Mut gehabt, im Laden danach zu suchen. Doch habe ich mich in den blauen und rosa Gängen unseres Spielzeugladens nach einem Schwanz umgesehen, wann immer sich die Gelegenheit bot, aber natürlich war die Suche vergebens. Nicht mal männliche Teddybären oder Roboter durften Genitalien haben, und über den komischen Huckel zwischen Kens Beinen braucht man gar nicht erst zu reden. Vermutlich durfte nicht mal der Verkäufer seinen eigenen Schwanz mit zur Arbeit bringen, also gab es dort nichts für mich. Später habe ich das alles vergessen und leistete keinen Widerstand, als man mich in Kleider steckte und zwang, mir die grässlichen Locken lang wachsen zu lassen, und nur ein einziges Mal habe ich es fertiggebracht, mir meine Wimpern abzuschneiden. Der Gedanke, dass dies mein erster Versuch gewesen sein könnte, meine wahren Gefühle zum Ausdruck zu bringen, ist mir damals nie gekommen. Ich habe das immer als komische Kinderallüre abgetan. Doch die Zeiten ändern sich, Dr. Seligman, heute werden sogar kleine Kinder ermutigt, nach ihren bevorzugten Genitalien Ausschau zu halten, aber damals war ein Mädchen eine Form, die sich fröhlich um eine Vagina herum bildete, während alle hofften, dass sie frisch und straff werden würde. Alles andere war egal.

Abgesehen davon wüsste ich auch nicht wirklich, was ich über K sagen sollte. Ich finde es für gewöhnlich schwierig, Menschen zu beschreiben, und wir haben nicht viel über die Sachen gesprochen, die uns eigentlich ausmachen sollen, wie Jobs oder Frisuren. Ich war eh gerade gefeuert worden, weil ich meinen Kollegen mit einem Tacker bedroht hatte, und K war Maler, dessen Frau seinen Lebensunterhalt finanzierte. Es gab da wirklich nicht viel zu bereden, und ich habe ihm tatsächlich nie erzählt, warum ich meinen Job verloren hatte. Ich habe nicht einmal herausgefunden, wo K eigentlich herkam. Er hatte so einen Akzent, der sich ausländisch anhörte, ohne dass man hätte sagen können, wo dieses Ausland sich befinden könnte, und im Gegensatz zu mir musste er nicht permanent zwanghaft über seine *Heimat* reden. Bei ihm war es eigentlich das genaue Gegenteil, und ich habe ziemlich schnell begriffen, dass er nicht gerne über seine Herkunft oder Wurzeln oder wie man das nennt sprach. Und die Frage ist ja sowieso völlig unnötig geworden – woher kommst du? Ich bin der Meinung, dass die Leute das selbst entscheiden dürfen sollten, und vielleicht fühlen sie sich zu verschiedenen Zeiten ganz unterschiedlich; vielleicht wachen sie jeden Morgen auf und entscheiden, dass sie von woanders herkommen. Das ist nicht unsere Entscheidung. Aber bei K war das ganz anders. Ich glaube, er hat die Frage einfach aus seinen Gedanken gelöscht, und wenn wir zusammen waren, Dr. Seligman, war es, als hätte man alle Landkarten abgehängt und als könnten wir aufhören, all diese Dinge zu sein, die man als funktionierender Mensch sein muss. Plötzlich gab es keine Kontinente mehr, keine Nachnamen, keine Eltern, keine Arbeit, keine Kinder, und, soweit das möglich war, keine Körper. Ohne dass wir es abgesprochen hatten, machten wir es uns zur Aufgabe, nichts beim Namen zu nennen, nicht von Schwänzen oder Vaginen zu sprechen und nicht so Liebe zu machen, wie man es uns beigebracht hatte. Liebe machen ist sowieso ein total bescheuerter Ausdruck; wie soll man denn einen Gefühlszustand machen? Und warum nennt man es nie Hass machen oder Langeweile machen oder Verzweiflung machen? Aber manchmal, vor allem, nachdem K mir erlaubt hatte, im Atelier mit seinen Farben zu spielen und seinen Körper zu bemalen, wenn er mir zusah, wie ich diese Rot- und Rosatöne über seine Haut strich, sah er so erleichtert aus, Dr. Seligman, als hätte man ihm etwas zurückgegeben, das er vor langer Zeit verloren hatte. Und ich erwartete stets sehnsüchtig den Moment, wenn er ein kleines bisschen zu viel Lila aus der Tube drückte und es in mein Gesicht schmierte, ganz langsam, und nie eine andere Farbe. Dann fing er immer an zu lachen, denn er konnte nicht nur weinen wie ein Kind, sondern auch wie eines lachen. Und es hatte etwas so Unwiderstehliches, wie er sich im Angesicht der Welt diese Freiheit nahm. Als könnte er sich nicht daran erinnern, wann ihm das letzte Mal etwas wirklich wichtig gewesen war, als würde er alles übermalen und es unter seinem ureigenen Lila begraben. Als könnte auch ich unter dieser Acrylflut verschwinden.

Das beunruhigt mich auch bei Mr. Shimadas Sexapparaten, Dr. Seligman. Irgendwer muss die ja programmiert haben, bevor sie verschickt werden, und obwohl sie keine echte künstliche Intelligenz sind – nicht diese Maschinen, die man aus Filmen kennt –, glaube ich doch, dass Sex meistens eine Form von Bewusstsein voraussetzt, meinen Sie nicht?

Bestimmt würden die meisten Leute ihrem Roboter einen Namen geben, und deswegen würde ich mir Sorgen machen, dass man ihn so programmiert hat, dass er mich liebt, obwohl ich diejenige bin, die ihn benutzt. Verstehen Sie, was ich meine? Diese Vorstellung behagt mir nicht; ich wurde als Frau erzogen und bin es nicht gewohnt, sexuelle Gefälligkeiten zu akzeptieren, und deshalb habe ich mich gefragt, ob mein Roboter nicht anders eingestellt werden könnte, vielleicht so, dass er seine Abneigung mir und meinen komischen sexuellen Bedürfnissen gegenüber zum Ausdruck bringen könnte. Am Ende würde wir uns überwerfen, und er würde mich wie eine Katze für eine andere Besitzerin verlassen, woran ich ihn selbstverständlich nicht hindern würde, genauso wie ich nichts dagegen tue, wenn andere sich am Bestelltresen im Café vordrängeln oder sich über mich lustig machen. Jemand hat mir sogar mal gesagt, ich hätte ein kindisches Gesicht, als hätte die Person mich beobachtet, wie ich in einen Strohhalm gepustet und mein Getränk zum Blubbern gebracht hätte. An manchen Tagen fühlt es sich so an, als hätte ich eine dicke rote Nase auf, die alle sehen außer mir, und als würde mich nicht einmal mein Sexroboter – nennen wir ihn Martin, Dr. Seligman –, als würde mich nicht einmal Martin je ernst nehmen können. Als könnte nichts jemals die eigene Realität verschwinden lassen. Als würde es immer Tage geben, an denen die Narben zum Leben erwachen und man noch immer all die Worte und das Gelächter hören kann, die einem überallhin zu folgen scheinen. Wenn man all den alten Schmerz, die alten Stellen spüren kann, das gequetschte Gewebe und das Blut, das einem nicht länger gehört. Wenn das Leben als eine einzige Sammlung von Momenten des Kontrollverlusts erscheint, eine Reihe blinder Flecke in der eigenen Würde, und alles, was man dagegen tun kann, ist einen Haufen nicht recycelbares Material mit künstlicher Stimme zu ficken. Wahrscheinlich wäre es umweltfreundlicher, wenn wir es bei den Menschen belassen würden – wir sollten das ökologische Gleich-gewicht unseres Handelns nicht außer Acht lassen.

Wahrscheinlich halten Sie mich für einen Feigling, Dr. Seligman, weil ich nicht das eigentlich passende Wort verwende, um Martin zu beschreiben, denn es hat das Potenzial, dermaßen anstößig zu sein, dass alle denken, die eigene Großmutter hatte was mit dem Teu-fel am Laufen und bald wird einem ein Klumpfuß und ein haushoher Stachelpenis wachsen. Ich habe Angst vor diesen Wörtern; ich weiß, wozu Sprache fähig ist, dass Sprache niemals lügt, aber da wir unter uns sind und Ihre samtigen Wände uns vor Mithörern schüt-zen, kann ich genauso gut zugeben, dass der Kauf von Martin eine Form der Ausbeutung wäre, der sexuel-len Sklaverei. Denn alles beginnt mit dieser Haltung, und ich kann nicht beweisen, dass es nicht in unserer Natur liegt, andere unserer Macht und unserem Wil-len zu unterwerfen, ihre Körper und Seelen zu bre-chen, und dass wir permanent versuchen, ein Bild des menschlichen Wesens zu zeichnen, das es gar nicht gibt. Dass es keine wohlwollenden Triebe gibt. Und selbst wenn Martin so programmiert wird, dass er lächelt, wenn ich in ihn eindringe, wird dieses Lächeln keine echte Grundlage in einer realen Situation haben; es wird auf keinerlei menschlichem Verhalten basieren. Und ich mache mir Sorgen, dass mein Geist dadurch pervertiert wird, Dr. Seligman, dass ich aufgrund meiner Herkunft zum Monster werde und ich nach und nach zu glauben beginne, dass Martin echt ist und ich echte Menschen wie ihn behandeln kann. Dass ich vergesse, was ein menschliches Wesen ist, und versuche, Leute gegen ihren Willen zu ficken oder Schlimmeres. Andererseits steckt in dieser neuen Sklaverei und den ganzen Geräten und Apparaten, die uns jederzeit zur Verfügung stehen wie Schoßhunde im Dämmerschlaf, eine Ironie, die früheren Formen der Sklaverei abgeht. Im Gegensatz zu den traditionelleren Formen der Sklaverei, bei denen Menschen auf ihre Körper reduziert werden, in der Absicht, sie dabei auszurotten oder sie zu Tode zu foltern und jeden Beleg ihrer Existenz zu vernichten, begraben uns diese neuen elektronischen Sklaven bei lebendigem Leibe. Ist Ihnen aufgefallen, Dr. Seligman – oder vielleicht bleiben Sie aufgrund Ihres Alters von solchen Modernitäten verschont –, dass diese neuen Sklaven uns an unser Zuhause ketten? Dass sie uns jeglicher Sozialkontakte berauben, indem sie uns das Essen und unsere Einkäufe und unsere Orgasmen nach Hause liefern, während unser restliches Hirn von endlosen Fernsehsendungen geflutet wird? Dass sie uns ficken und füttern, bis wir vergessen, wie man unseren eigenen Namen buchstabiert. Bis wir vergessen, dass wir nicht das Bild von uns sind, das wir auf einem Bildschirm sehen? Bis auch der letzte nutzlose Rest unserer Persönlichkeit unter Komfort und Stille begraben liegt.

Und wenn wir tatsächlich gezwungen sind, über uns selbst zu sprechen, wird es plötzlich unangenehm, weil es da wirklich wenig zu sagen gibt. Müssen Sie auch manchmal von der Arbeit aus auf Empfänge gehen, Dr. Seligman? Ich meine diese Veranstaltungen, wo man nicht weiß, ob die Leute nach Kaffee oder Pisse riechen, wo man sich unterhalten muss, bis alle so gelangweilt sind, dass sie es vorziehen würden, sich in einem Fass voller Nägel einen Berg hinunterrollen zu lassen. Als ich noch einen Job hatte, war mein einziger Ausweg immer, so zu tun, als käme ich aus Berlin, und dann einfach nicht zuzuhören, wenn die Leute ihre gnadenlos vorhersehbaren Anekdoten vom Stapel lassen. So ist das meistens als Deutsche in London – man tut so, als käme man aus Berlin und hätte Max fucking Sebald gelesen. Funktioniert jedes Mal. Allerdings verstehe ich den Sinn dieser modernen Art zu reisen nicht, Dr. Seligman. Finden Sie nicht auch, dass es ein tragischer Irrglauben ist, dass es je irgendwem was gebracht hat, drei Monate in Amsterdam oder Hanoi rumzuhängen? Wenn überhaupt, sind die Leute danach noch größere Wichser als vorher, weil sie denken, sie hätten mit einem Mal eine modische Form der Andersartigkeit erlangt, die ihnen erlaubt, den Aufenthalt als spannende Anekdote aus ihrem Leben zu präsentieren. Dass sie wie durch Zauberei anders geworden sind, aber auf gute Weise anders. Ich habe viel größeren Respekt vor Leuten, die jedes Jahr an denselben banalen Mittelmeerstrand fahren, anstatt ihren Urlaub zur Selbstdarstellung zu nutzen. Bestimmt wählen Sie Ihr Urlaubsziel immer mit Bedacht, und ich kann mir gut vorstellen, wie Sie Ihre Brille gegen eine zeitlose Sonnenbrille eintauschen, Dr. Seligman, und dann Ihre Frau zum Abendessen ausführen, so wie Sie es schon all die Jahre getan haben. Sie gehören nicht zu denen, die sich plötzlich einen Bart stehen lassen und auf einer Plüschkatze um die Welt reiten, in Szenekneipen gehen und Streetfood essen, um dann zurückzukommen und einem diese Kulturen zu erklären. Diese Leute ärgern mich, Dr. Seligman; sie sind wie amerikanische Filme über den Holocaust, sie verwandeln alles in ein Klischee, bis es sich anfühlt, als würde man von Ronald McDonald gefickt werden, und man sich wünscht, es wäre ein Elektrozaun in der Nähe. Ich kann nicht einmal sagen, wann alles so lächerlich geworden ist, dass ich oft Schwierigkeiten habe, das Haus zu verlassen, weil ich mir nicht vorstellen kann, dass wir jemals wieder richtige Menschen werden können.

Sie haben sicher recht damit, dass ich darüber mit Jason hätte sprechen können, dass man es als Teil meiner Wut betrachten könnte, aber ich habe meinen Kollegen ja nicht wegen seiner Mexikoreise bedroht. Ich habe das kleine Souvenir, einen glitzernden bunten Schädel, bereitwillig angenommen und sogar gelächelt, als er mir von den weißen Stränden und seinen Mezkalgelagen erzählt hat, ohne ihn darauf hinzuweisen, dass er auf dem Weg zu all diesen Orten an mehreren Massengräbern gewaltsam entführter Menschen vorbeigekommen sein muss, die meisten davon Frauen. Aber so bin ich nicht, und das war sogar noch, bevor Jason mir gesagt hat, dass ich lernen muss, mich für andere zu freuen, und dass es mir helfen würde, großmütiger zu mir selbst zu sein, wenn ich andere nicht so schnell verurteile, dass ich meine Gedanken konditionieren kann, um nicht mehr sofort auf solche Auslöser zu reagieren. Aber ich hatte das Gefühl, dass von mir dann nicht viel übrig bleiben würde, dass ich abstumpfen und allmählich verschwinden würde, also habe ich ihn einfach weiter angelogen.

Ich verstehe, warum Sie das fragen, Dr. Seligman, aber ich bin nicht immer so, und es ist gut möglich, dass ich nicht so fies zu Jason gewesen wäre, wenn er die ästhetische Bedeutung von Samt zu schätzen gewusst hätte. Tatsächlich war es Ihre Liebe zu Samt, die mich bei unserem ersten Treffen überzeugt hat, und er passt auch so gut zu Ihrem Aftershave. Dieser dunkelrote Samt an Ihren Wänden hat etwas an sich, das Sie in meinen Augen seriös erscheinen lässt, wie jemand, den ich respektieren und mit dieser Aufgabe betrauen kann. Ich habe den Eindruck, dass viele plastische Chirurgen unter dem Einfluss des Geldes und der Menschen, die sie behandeln, vulgär geworden sind. Doch Sie sind anders, Dr. Seligman; Sie haben überhaupt nichts Glamouröses an sich. Und aus irgendeinem Grund kann ich in der Gegenwart von Samt nicht lügen, vielleicht weil er Macht ausstrahlt und gleichzeitig so weich ist, das ist wohl eine dieser ewigen Kombinationen, von denen wir uns einfach verführen lassen wollen. Jason wiederum hat mich in so einem zeitgenössisch eingerichteten Raum empfangen, wo man unmöglich sagen kann, ob man gerade in einem Café, einem Büro, einem Laden oder jemandes Wohnzimmer sitzt, und bis jetzt bin ich mir nicht sicher, was das eigentlich war. Diese ganze Avocado-Ästhetik hat meine Sinne betäubt, und sobald ich den Raum betreten hatte, verspürte ich den Drang, ihn anzulügen. Es war kein Raum für ehrliche Worte. Aber weil sogar ich Schwierigkeiten hatte, all diese Sitzungen mit ausreichend Material über den Schwanz des Führers und gelegentliche Spielchen mit den Hunden zu füllen, habe ich ihm davon erzählt, dass ich manchmal Fremden nachlaufe. Ich weiß nicht mehr, wie ich darauf kam, aber vermutlich hat es mich fasziniert, wie viel Macht man erlangen kann, wenn man ein paar kleine Grenzen überschreitet. Die meisten Leute würden sich zu Tode erschrecken, wenn man plötzlich durch ihr Fenster starren würde, dabei ist das nicht mal verboten – und auch ihnen zu folgen, ist größtenteils gesetzeskonform. Ich glaube, dass die meisten Perversionen aus einem Gefühl der Bedeutungslosigkeit heraus geboren werden, Dr. Seligman, und Jason davon zu berichten, war eine unterhaltsame Art, sie auszuprobieren, eine neue Weise, mich selbst hinter mir zu lassen. Und es ist ziemlich einfach, jemandem zu folgen; haben Sie das schon mal probiert? Es gibt so viele Existenzen in dieser Stadt, überall wird man mit der Realität anderer Menschen konfrontiert. Und manchmal macht mir die Vorstellung Angst, wie viele andere Menschen um mich herum jetzt in diesem Moment atmen, schlafen, duschen und Ressourcen verbrauchen, auf wie viele verschiedene Arten man Dinge tun kann. Ich bin in einer Kleinstadt aufgewachsen, also finde ich es oft schwer zu glauben, wie viele von uns es gibt. Und trotzdem sind es nur so wenige Leute, deren Leben man kennt, und jetzt, da ich mich entschieden habe, zu Ihnen zu kommen, ist meine Angst vor der Einsamkeit größer denn je zuvor. Sie haben diese sieben Bilderrahmen auf Ihrem Schreibtisch, mit liebevollen Gesichtern bestückt, Sie haben eine Festung gegen die Einsamkeit errichtet, oder zumindest glauben Sie das, aber ich werde das nicht mehr tun können, und das macht mir Angst. Was, wenn ich mich am Ende wie Frankensteins Monster an dem privaten Glück anderer aufgeile, bis man mich verscheucht wie eine schmutzige Taube, meine Glieder durch meine eigene Schande verfault. Ich weiß schon, dass ich übertreibe; die Familie war genauso unglücklich wie das Monster, und schließlich war es besser, dass es fliehen und ihr Leben aus der Ferne ruinieren konnte. K hat immer gesagt, dass wir nicht über die Fähigkeit verfügen, einander glücklich zu machen, dass wir die Einsamkeit schlicht als Teil des menschlichen Zustands begreifen sollten. Dass wir nicht aus unserer Haut können und alle mit gebrochenem Herzen auf die Welt kommen. Er dachte, dass mit der Erbsünde eigentlich das gemeint war.

Ich habe Jason nie gesagt, dass ich mich vor der Einsamkeit fürchte, Dr. Seligman; ich wollte ihm kein Türchen für seine Positivitätsscheiße öffnen, deshalb habe ich ihm von Helen erzählt, der Frau auf meinem Weg zur Arbeit. Normalerweise interessieren mich Frauen nicht; ihre Körper erinnern mich meistens an meine eigenen Verpflichtungen und lösen bei mir das nackte Grausen aus. Ich kann prinzipiell nicht neben schwangeren Frauen sitzen, ohne dass es mir leicht den Hals zuschnürt und ich plötzlich einen Druck auf der Brust fühle. Aber Helen hatte etwas an sich, das ich sehr interessant fand. Ich taufte sie auf diesen Namen, weil er mir passend erschien. Sie hatte einen kleinen Schönheitsfleck und erinnerte mich an Bambi, die Augen ein bisschen zu groß für den Kopf und immer mit jener Art von Angst erfüllt, vor der Männer Frauen so gerne beschützen. Peinlicherweise habe ich erst vor Kurzem erfahren, dass Bambi eigentlich ein Junge ist und der Film auf einem pornografischen österreichischen Roman basiert, was ich übrigens ziemlich gut finde. Bambi, der geile Hirsch. Daher müsste ich Helen jetzt eigentlich mit etwas anderem vergleichen – definitiv nicht mit einem Hirschen, aber damals schien es zu passen. Sie war zierlich, ihr Haar war blond und ordentlich geföhnt, damit es in Wellen fiel, sie war nach der neuesten Mode gekleidet und trug einen Verlobungsring an einem ihrer schlanken Finger. Ich mochte die Art, wie sie ihre Lippen berührte, wenn sie ihr allmorgendliches Croissant aß, als wäre sie eine jener Frauen, die einfach nicht zunehmen können, und ich fragte mich, wie sie es ertragen konnte, so zu sein wie alle anderen. Sie muss gewusst haben, dass Heerscharen anderer Frauen in London den gleichen Ring trugen, dass sie zu Hause von den gleichen dummen Männern erwartet wurden und alle von einer Hochzeit in der Toskana träumten. Helen aber wirkte zufrieden, obwohl ihr Verlobter den Antrag höchstwahrscheinlich vor irgendeiner Sehenswürdigkeit gemacht hatte oder am Strand oder in ihrem Lieblingsrestaurant, das von gehässigen Ausländern geführt wird, über die sie sich erhoben, indem sie die grässliche Einrichtung originell fanden, und dann machte ich mir meine eigene Bitterkeit und Eifersucht zum Vorwurf. Warum konnte ich es nicht akzeptieren, dass manche Frauen einfach glücklich mit ihren Vaginen und ihrer Weiblichkeit waren? Warum musste ich das immer als Schwäche sehen? Also folgte ich meinen katholischen Wurzeln und versuchte, Buße zu tun. Vorher hatte ich das Knien höchstens als bequeme Masturbationsposition betrachtet, aber mit einem Mal wollte ich akzeptieren lernen, was das Leben für mich bereithielt, dass auch ich wie Helen sein konnte. Ich denke, bis zu diesem Punkt war Jason ganz zufrieden mit meinem Bericht, mit meinem unerwarteten Bedürfnis, vernünftig und handhabbar zu werden, mein Schamhaar zu beseitigen und wie ein Pfirsich auszusehen. Und selbst als ich ihm erzählte, wie ich mir Helens Sexleben vorstellte – vor allem den Körper ihres Ehemanns, seine festen Arschbacken und seinen harten Schwanz –, schien er immer noch erleichtert, dass wir endlich vom Nazisex weg waren und er sich nicht mehr anhören musste, dass selbst Jahre nach unserer imaginären Trennung Adolfs Stimme bei mir unkontrollierbare Erektionen hervorrief. Plötzlich war ich wieder eine notgeile Katzenlady, die Männer objektifizierte, was ihm das deutlich verzeihlichere Verbrechen zu sein schien. Entscheidend weniger schien ihm zu behagen, dass ich begonnen hatte, Helen zu folgen, weil mir unsere morgendlichen Begegnungen schlicht nicht reichten. Und als ich ihm meinen Plan eröffnete, in ihr Haus einzubrechen – eines von den Häusern mit lila Magnolienbaum im

Garten –, während sie ihren Urlaub auf einer griechischen Insel verbrachte, bemerkte ich erste Anzeichen echter Verzweiflung in seinem Gesicht. Ich sagte ihm, dass ich niemandem schaden wolle, aber es nun einmal so sei, dass ich, wenn ich einen neuen Menschen kennenlerne, immer in seinem Badezimmer masturbieren und ein kleines Souvenir stehlen müsse, einen Alltagsgegenstand, zum Beispiel einen Teebeutel oder einen Kugelschreiber, manchmal auch ein paar Haare vom Kopfkissen. Lachen Sie, Dr. Seligman? Jason fand das ganz und gar nicht zum Lachen, und ihm war deutlich anzumerken, dass er dachte, ich hätte Helen in meinen Keller gesperrt. Vielleicht dachte er auch, dass ich Österreicherin bin; Deutsche geben sich in der Regel nicht mit Kellern ab – die haben kein Problem damit, direkt im Erdgeschoss zu foltern, Diskretion ist da eher zweitrangig. Da steht ja auch nicht gleich der Ruf eines ganzen altmodischen Weltreichs auf dem Spiel. Und Jason verstand auch nicht, dass es unvergleichlich ist, an Orten zu masturbieren, die einem etwas bedeuten, dass man sie dann ein Leben lang nicht vergisst. Es ist, als wären sie allesamt zu einem Zuhause geworden, als wäre das – abgesehen vom Selbstmord – die einzig wahre Freiheit, die wir haben. Uns selbst Lust zu verschaffen, wenn uns danach ist. Ich bin mir sicher, Sie stimmen mir zu, Dr. Seligman; ich meine, warum hätten Sie sonst Ihre Wände mit Samt dekoriert?

Selbstverständlich bin ich einverstanden, dass Sie Fotos machen. Ihr Assistent hat mir schon gesagt, dass das Teil der heutigen Untersuchung sein würde, aber danke, dass Sie nachfragen – und keine Sorge, ich halte still. Ich komme aber um den Gedanken nicht umhin, dass Jason undankbar war; er hat es nicht mal gewürdigt, dass ich versucht habe, mir meiner Situation bewusst zu werden, was auch immer das heißen soll, aber ich dachte, es würde ihn freuen, dass mir klar war, dass überhaupt eine Situation vorlag. Ich wollte auch nicht, dass er misstrauisch wird, weil ich es mir nicht leisten konnte, von meinem Kollegen verklagt zu werden; dafür reicht mein Erbe nicht, und es ist nur eine Frage der Zeit, bevor meine Tanten anfangen, Ansprüche zu stellen. Und wahrscheinlich wollte ein kleiner Teil von mir auch Mitleid mit Jason empfinden. Bei Leuten wie ihm ist es wie im Western: Man muss zuerst schießen, denn wenn man sie nicht bemitleidet, bemitleiden sie einen selbst, und dann geht es nur noch bergab. Und ich gebe anderen gerne das Gefühl, inkompetent zu sein, weil ich noch nie die Gewissheit hatte, gut in etwas zu sein, also warum sollten die anderen das dürfen? Bestimmt waren Sie noch nie in einer solchen Situation, Dr. Seligman; Sie würden es einem Typen wie Jason niemals erlauben, Ihre Grundsätze infrage zu stellen. Sie sind zu selbstbewusst, Sie wissen, was Sie tun, und sind dabei nicht auf Hilfe angewiesen. Im Gegensatz zu den meisten Männern kennen Sie den Unterschied zwischen einer Frau und einem Fahrrad. Das ist eine sehr anziehende Eigenschaft, Dr. Seligman, und nutzlose Menschen wie ich werden dann gleich ganz anhänglich, weil Sie eine Orientierung bieten, wir sind wie Möwen, die Schiffen über den Ozean folgen, berauscht von diesem plötzlichen Gefühl, eine Richtung vorgegeben zu bekommen, eine Bestimmung zu erfüllen. Aber Typen wie Jason leben davon, anderen ein schlechtes Gefühl zu geben, indem sie so tun, als wüssten sie den Weg, obwohl sie am Ende genauso ertrinken wie alle anderen auch, und zwar ohne ersichtlichen Grund. Wie der Junge in diesem bescheuerten Titanic-Film. Wir alle wissen, dass auf der Planke genügend Platz für ihn gewesen wäre, aber wir wissen auch, dass man nur so eine Liebesgeschichte daraus machen konnte. So stellt man sich vor, dass sie ihn geheiratet hätte, weidet sich lieber am gebrochenen Herzen als an der Realität. Niemand will seinen Ferienschwarm heiraten, und Frauen können Männer nicht aus der Armut befreien, außer sie sind alt und pervers; nur Jasmin durfte Aladdin retten, allerdings hatte die auch einen Tiger als Haustier. Da kommt man nicht gegen an.

Bitte halten Sie mich nicht für eine Soziopathin, Dr. Seligman. Mir ist klar, dass wir Illusionen brauchen, aber manchmal denke ich, dass wir uns nicht so sehr vor der Wahrheit fürchten sollten. Und damit meine ich nicht solche Wahrheiten wie, dass das meiste Olivenöl gefälscht ist oder dass man in jedem dritten Bart Spuren von Fäkalien findet – diese Fakten machen keinen Spaß, und in diesen Fällen ist es womöglich das Beste, uns etwas vorzumachen. Aber was ist mit der Schönheit? Meinen Sie nicht, dass wir alle glücklicher wären, wenn wir diese Illusion endlich überwinden würden? Als ich noch klein war, ist meine beste Freundin einmal zu einem Wahrsager gegangen und hat mir hinterher immer Schauergeschichten erzählt über einen bevorstehenden Krieg, den Dritten Weltkrieg. Wissen Sie, was mein erster dummer Gedanke war? Dass ich endlich so viel Schokolade würde essen können, wie ich wollte, dass es plötzlich egal wäre, ob ich fett werden würde oder nicht, denn ein höheres Schicksal würde endlich die Kontrolle über meinen Körper übernehmen. Und ich dachte an die Bilder aus der Nachkriegszeit, auf denen meine Großmutter ganz dünn aussah, Dr. Seligman. Ich war so aufgeregt, weil ich bald frei sein würde von diesen albernen Sorgen um meinen vorstehenden Bauch und der Befürchtung meiner Mutter, mein Hintern könnte zu dick werden und zu schwabbeln beginnen. Sie war es, die mich gelehrt hatte, dass ein Körper hässlich sein kann und dass man um jeden Preis verhindern muss, dass irgendwelche Körperteile schwabbeln. Und bis heute habe ich es nicht geschafft, mich von dieser Sichtweise zu lösen. Ewig scheint das Kunstlicht der Umkleidekabine auf meine hässlichen Kurven und leuchtet alles aus, von dem ich wünschte, sie hätte es nicht gesehen. Damals aber beschloss ich, weiße Schokolade zu kaufen, und zwar so viele Tafeln, wie mein mickriges Taschengeld hergab, und sie vor meiner Mutter zu verstecken und später zu essen, wenn ich alleine war, in dem sicheren Wissen, dass mein Körper angesichts dieser Katastrophe mehr oder weniger aufgehört hatte, zu existieren. Erst viel später, als ich die ganze Schokolade schon aufgegessen hatte und keine Bomben vor meinem Fenster gefallen waren, begriff ich, dass keine Katastrophe außer vielleicht ein finaler Atomschlag je groß genug wäre, um uns von diesem Fluch zu befreien. Dass wir, obwohl wir auf diesem Planeten das Sagen haben, seine hässlichsten Bewohnerinnen sind und dass unsere Sehnsucht nach Schönheit nie gestillt werden wird, dass wir uns nie mit der Schönheit begnügen werden, die vor uns liegt. Nie werde ich das Gefühl vergessen, mit dem ich diese Schokolade aß, Dr. Seligman; heutzutage kriege ich Kopfschmerzen, wenn ich mehr als ein kleines Stück esse, aber damals blieb meine Sünde folgenlos. Und ich halte an dem Traum fest, dass mein Körper eines Tages egal sein wird. Das ist so ähnlich, als würden Sie sich vorstellen, dass ihre Brille zur Sonnenbrille wird, Dr. Seligman; das Licht wird erträglicher.

Diese Freundin und ich, wir haben auch oft zusammen Musikvideos angeschaut. Die Musik hat mich nie interessiert, und ich hatte auch nicht das Gefühl, dass da für Leute wie mich gesungen wird. Aber etwas an dieser verdichteten Extravaganz faszinierte mich – diese perfekten Körper, die in nur drei Minuten mit allem Möglichen fertigwerden konnten. Die inmitten der größten Katastrophe noch attraktiv blieben. Nichts schien von Bedeutung zu sein, solange man tanzen und professionelles Make-up tragen konnte. So ließ sich jede beliebige Geschichte in diesen paar Zeilen unterbringen, und so guckte ich jeden Samstagmorgen mit meiner Freundin die Charts. Meine Eltern hätten niemals Geld für diese zusätzlichen Sender ausgegeben, für die spaßigen Sendungen und das ganze amerikanische Zeug, für die Reklame. Und sie hätten nicht verstanden, warum ich Trost fand in diesem Paralleluniversum, bei diesen Leuten, die sich einfach von ihrem gewöhnlichen Dasein verabschiedet hatten, um von Ruhm und Glitzer zu leben und bei wildfremden Menschen als Poster an der Wand zu hängen.

Ich bewunderte ihr Selbstbewusstsein und ihre Eleganz und dachte deswegen, dass ihre Bewegungen echt wären. Wahrscheinlich lachen Sie schon wieder da unten, doch die Songtexte konnten mich nicht täuschen. Damals sang auch niemand darüber, wie es ist, wenn ein Junge im Körper eines Mädchens feststeckt und Jungs ficken will. Ich bin mir nicht mal sicher, ob heute jemand darüber singt, die Popkultur ist ja alles andere als subversiv und muss auch in Gebieten verkäuflich sein, in denen Menschen nicht frei sind. Die Körper waren es, die mich hinters Licht führten, und man muss ganz schön alt werden, um zu verstehen, dass man auch mit dem perfekten Körper ein trauriges Bild abgeben würde, wenn man in so einem Outfit draußen unterwegs wäre, insofern grenzt es an ein Wunder, dass wir unseren gegenseitigen Anblick überhaupt noch erträglich finden. Doch wenn ich mit meiner besten Freundin eine Weile so dagesessen hatte, konnte ich immer ein kleines rotes Leuchten auf ihrem Gesicht erkennen – die Bilder machten sie scharf. Aber egal, wie sehr ich mich bemühte, bei mir lösten sie nichts aus; meine Vagina blieb taub und stumm, als wäre sie aus Spielzeugknete, unförmig und nutzlos. Und ich war nicht so eine, die alles gehasst hat, weil es kleine Mädchen mögen, ich habe einfach nur sehr lange gebraucht, um meine Begehren zu verstehen, Dr. Seligman, um zu verstehen, dass ich auf ewig einen Schritt hinter ihrer Erfüllung zurückbleiben würde und dass mein vorgeblich liebstes Boybandmitglied, dessen Namen ich mir nie merken konnte, immer eine Lüge sein würde. Weil mein Körper hier nicht gemeint war, weil es meinen Körper

nicht gab. Weil ich diese Jungs nicht mit Mädchen-
augen sehen konnte. Ich glaube, dass ich deshalb so
früh eine Vorliebe für die Oper und das Theater entwickelt habe; das war zwar auch sonderbar, aber auf
eine Weise, von der man schon gehört hatte und die
man eher zu akzeptieren geneigt war. In dieser Welt der
Kostüme und Allegorien traf man zumindest ab und zu
eine Frau in Männerkleidern oder tanzende Männer in
Strumpfhosen an, die sich auf mir zuvor unbekannte
Weise bewegten. Körper, die nicht dazu gemacht waren,
um Jungen oder Mädchen anzusprechen, sondern ganz
andere Sinne ansprachen, die tiefer gingen als alles, was
ich bis dahin erlebt hatte, und ich verliebte mich heillos
in diese Welt, in der für ein paar Stunden alles möglich
war und man ganz ohne Grund hochemotional werden durfte. Damals sehnte ich mich danach, auf einer
Bühne zu leben, Dr. Seligman, und in einem selbst
gewählten Kostüm herumlaufen zu dürfen.

Diese Liebe zur Bühne war etwas, das K und ich
gemeinsam hatten. Auch er schien wie hypnotisiert,
sobald der Vorhang sich hob, und ich konnte sehen,
dass er vor kindlicher Aufregung elektrisiert war. Er
hatte mir gesagt, dass er sich im Theater immer sicher
fühlte, weil man wusste, welche Schrecken einen dort
erwarteten. Es war auch einer der wenigen Orte, wo wir
im Dunkeln zwischen anderen Menschen sitzen und
so tun konnten, als wären wir wie sie, nur eines von
vielen Paaren, die donnerstagabends miteinander aus-
gehen und ihre Zuneigung durch Händchenhalten ausdrücken. Die ahnten ja nicht, was unter meinem Rock
vor sich ging, und ich merkte, dass er immer leicht-

sinniger wurde; es war ihm vollkommen klar, dass wir jederzeit einer seiner Bekanntschaften über den Weg laufen könnten – als verheirateter Mann hatte K viele Freundesfreunde –, aber das war ihm egal. Er meinte bloß, dass seine Frau kein Theaterfan sei und es ihm viel bedeute, mit mir ins Theater zu gehen, dass es ihm helfe, mit gewissen Dingen fertigzuwerden. Und ich habe lange gebraucht, um zu verstehen, was seine Dämonen waren, Dr. Seligman. Sein Körper war es nicht, denn im Gegensatz zu mir hatte er in Bezug auf sein Aussehen und seine Bewegungen das Selbstbewusstsein eines Popstars, und so lag ich oft stundenlang neben ihm in der Dunkelheit und fragte mich, warum er vor seinem perfekten kleinen Leben davonlief, um seine Zeit mit mir und meiner dysfunktionalen Vagina zu verbringen. Aber es war schon immer eine meiner vielen Schwächen, Dr. Seligman, dass ich mir das Unglück der anderen nicht vorstellen kann. Mein ganzes Leben lang habe ich mich von der Gesellschaft so sehr bedrängt gefühlt, dass ich allen, die nach ihren Regeln leben, das Recht aufs Unglücklichsein abgesprochen habe. Ich war immer der Ansicht, dass sie sich zu Tode lächeln sollten, weil sie diese Institutionen und Einschränkungen mitgetragen hatten, die für mich alles so schwierig machten, weil sie dachten, wenn man nur brav die Checkliste abarbeitet und alle Regeln befolgt, wachsen einem bis ans Ende aller Tage Blumen aus dem Arsch. Ich wollte nicht, dass sie über ihren Schmerz sprechen dürfen; ich wollte, dass sie an ihrer eigenen Dummheit leiden, dass sie wie dieser griechische König inmitten ihrer ganzen verdammten Glückseligkeit verhungern. Sogar K: Ich habe mal ein Foto von seiner Frau gesehen, sie war hübsch – Sie wissen schon, ein bisschen wie Helen, so eine Frau, die kein Problem mit ihrem Frausein hat, und ich habe ewig gebraucht, um zu akzeptieren, dass er inmitten seines ganzen Glücks einsam war, dass auch er sich unter Druck gesetzt fühlte, auf den Familienfotos zu lächeln, oder überhaupt zu lächeln. Heutzutage wird ja permanent von einem erwartet, dass man Spaß hat, wissen Sie? Die Leute setzen ihr schönstes Lächeln für Krankenversicherungsreklamen und Warzenbehandlungen auf. Wenn es nach denen ginge, würden wir noch im Schlaf alle weiterlächeln, und das Schlimmste ist, dass diese Leute es als Kritik auffassen, wenn man nicht zurücklächelt oder sich weigert, Spaß zu haben. Wenn Sie ein normaler plastischer Chirurg wären, Dr. Seligman, würde ich Sie bitten, diese Muskeln in meinem Gesicht stillzulegen und dieser Fröhlichkeitsindustrie ein Ende zu bereiten.

Haben Sie Angst vor Hunden, Dr. Seligman? Oder besser gesagt vor Männern, die den traurigen Überrest ihrer Sexualität durch die überdimensionierten Genitalien ihrer Haustiere ausleben? Anscheinend gucken Männer Hunden immer zuallererst zwischen die Beine – wie Opfer ihrer eigenen Träume. Denken Sie nur mal an all die Hundedamen, die sie eklig angegafft und die Männchen, die sie gefoltert haben, weil sie sich unterlegen fühlten. Männer weigern sich oft, ihre Hunde kastrieren zu lassen; sie befürchten, es könnte ein schlechtes Licht auf ihre eigenen ungenutzten Schwänze werfen. Aber ich habe mir um diese Hunde auch nie groß Gedanken gemacht, hatte nie das Gefühl, ihre treuherzigen Gesichter könnten sich gegen mich wenden. Bevor K mir erzählte, dass er Angst vor Hunden hat, ist es mir schlichtweg nie in den Sinn gekommen, dass manche Hunde wie scharfe Waffen an der Leine sind, dass ihre Zähne mein Fleisch aufreißen könnten, dass ihre Kiefer stark genug wären, meine Knochen durchzubeißen. Am Anfang kam mir das komisch vor, Dr. Seligman, denn wenn man K so sieht, würde man denken, das ist doch ein großer Mann mit einem Körperbau, der dafür gemacht ist, unversehrt zu bleiben. Aber der Körper, den andere sehen, ist nie derselbe, den wir selbst sehen, und jedes Mal, wenn ein Hund auf ihn zukam, wechselte er die Straßenseite; und wenn ich neben ihm ging, konnte ich förmlich spüren, dass sein Körper vor Angst wie gelähmt war. Ich fand es schlimm, dass sein Stolz so angreifbar war, dass jeder sehen konnte, dass er eine Wunde mit sich herumtrug, über die nie neue Haut gewachsen war. Es war, als würde man beobachten, wie jemand von seiner eigenen Hand geschlagen wird. Wir sprachen nie über diese Angst, genauso wenig wie über seine Angst vor der Dunkelheit, weil ich immer denke, dass es nichts Intimeres gibt als Angst, und K war ein richtiger Sammler von Ängsten. Es hätte ein ganzes Leben gedauert, sie alle zu archivieren. Woran denken Sie, wenn Sie das Wort Angst hören, Dr. Seligman? Ich denke an einen Teil meines Körpers, den ich nicht kenne, von dem ich aber sicher bin, dass er existiert; rosafarbenes Fleisch aus der Zeit vor meiner Geburt. Etwas, das nicht berührt werden will, weil es noch nicht von schützender Haut bedeckt ist, wie eine Version meiner selbst, die nie leben durfte und irgendwo in der Dunkelheit atmet, voller Angst, von den falschen Händen entdeckt zu werden. Feucht und formlos. Aber was ist mit Ihnen, Dr. Seligman – denken Sie oft an Ihre Ängste? Meine Vorfahren mit ihren Uniformen und Hunden? Wegen K habe ich oft über dieses Bild nachgedacht, darüber, wie viel heftiger die Gewalt wird, wenn man sie in ein Tier verlagert, das ohne Absichten geboren wurde, das den Menschen unter anderen Umständen beschützt hätte. Ein Tier, das seiner Würde beraubt wurde, damit Menschen auf seine Stufe zurückversetzt werden. Dabei hätten die Nazis einem nicht mal die Chance gegeben, Gladiator zu werden; sie haben sich direkt für die Erniedrigung entschieden, für die Macht über jene, die denken, sie hätten die Natur zu ihrem Vorteil umgeformt – was mich auf ein anderes besorgniserregendes Thema bringt, Dr. Seligman. Gewalt ist ein typisch männliches Spielzeug, und ich habe das Gefühl, dass ich mich, während dieser Prozess voranschreitet, ihren Möglichkeiten gegenüber öffne. Ich gehe das Risiko ein, so ein wurstgesichtiger deutscher Mann zu werden, der einen großen Hundepenis braucht, und das macht mir Sorgen, Dr. Seligman, große Sorgen.

Das ist wohl einer der Gründe, warum ich zu Ihnen gekommen bin; wenn ich ehrlich bin, ist es wahrscheinlich sogar der Hauptgrund, und ich weiß, dass sich das etwas seltsam anhört, Dr. Seligman, aber als ich jünger war, dachte ich immer, dass man den Holocaust nur dadurch wirklich überwinden kann, dass man einen Juden liebt. Und zwar nicht irgendeinen Juden, sondern einen richtigen, mit Schläfenlocken und Kippa.

Einen, der fromm ist und aus der Thora lesen kann und nicht ohne schwarzen Hut aus dem Haus geht. Ich weiß, wie geschmacklos das ist, und ich erzähle Ihnen das nur, damit Sie verstehen, was mit mir los ist, und vielleicht auch, um zu beichten, dass ich schon immer auf diese Locken stand. Ich selber hatte auch mal so eine Phase, in der ich so tat, als hätte ich immer noch so wellige Haare wie früher, als ich sie so gehasst und mir jeden Abend Lockenwickler reingedreht habe, und mir hat die Vorstellung gefallen, dass ein Mann das Gleiche macht; dadurch fühlte sich alles fluider und weniger mädchenhaft an. Ich stellte mir immer vor, wie man sich morgens gegenseitig die Locken entrollen würde, wie zärtlich das wäre. Aber natürlich ist es Quatsch zu denken, dass man ein Verbrechen im Namen von anderen bewältigen kann und dass meine ansonsten nutzlose Vagina plötzlich zum Friedenssymbol wird, weil sie so einen schönen beschnittenen Schwanz aufnimmt. Außerdem gab es da, wo wir gewohnt haben, sowieso keine Juden, und nicht einmal einen Hinweis darauf, dass sie dort einmal gelebt hatten – da war nichts als diese merkwürdige deutsche Stille, die ich inzwischen mehr fürchte als alles andere. Diese Art so zu tun, als ob alles von den Ruinen verschlungen wurde. Ich hätte in eine größere Stadt ziehen müssen, um meinen Juden zu finden, und obwohl mir die Vorstellung gefiel, meinem Vater und vielleicht sogar meinem Großvater von meinen Plänen zu berichten, fehlte mir doch der Mut, mich auf die Suche nach meinem Shlomo zu begeben. So nannte ich meine neue Liebschaft nämlich, Dr. Seligman. Der Name hatte mir schon immer gefallen.

Ich bin mir nicht mal sicher, dass mein Vater groß eine Reaktion gezeigt hätte – seine Medikamente kaschierten einen Großteil seiner Verzweiflung –, aber ich hätte doch gerne in diese weichen Bestandteile meiner Familie hineingehorcht, in dieses Gewebe, das um unsere Vergangenheit herum gewachsen ist. Ich hätte gern versucht, diesen Graben zu überqueren zwischen uns und dem, was hätte sein können, wenn wir nicht in einem genozidalen Anfall alles auf ewig umgeworfen hätten. Ich war nie wirklich imstande, das Ausmaß unserer Taten vollständig zu begreifen, Dr. Seligman, was es bedeutet, eine ganze Zivilisation ausgelöscht zu haben, aber ich hatte immer das Gefühl, in einem Geisterstaat aufzuwachsen, in dem mehr Tote als Lebende waren und wir in Städten wohnten, die um die Reste unserer früheren Städte herum errichtet worden waren, und jeder Tag kam mir so vor, als sollte es den Boden unter meinen Füßen eigentlich gar nicht geben. Ich hatte immer das Gefühl, als hätten wir uns auch selbst ausgelöscht. Und ich dachte immer, dass ich mit Shlomo einen Weg finden würde, um die Dinge so werden zu lassen, wie sie früher einmal gewesen waren, um ein Fragment dessen wiederzuerlangen, das so unwiederbringlich verloren war. Aber natürlich gibt es keinen Weg zurück. Und ich bezweifle stark, dass ich den armen Shlomo mit meinen Geschlechtsteilen hätte in Versuchung führen können, und ich finde es außerordentlich mutig von Ihnen, Dr. Seligman, dass Sie bei einer deutschen Vagina Hand anlegen. Und ich will versprechen, dass es all die Mühe wert sein wird, denn nicht nur sorgen Sie dafür, dass ich nicht mehr gebärfähig bin, sondern Sie geben einer deutschen Frau einen jüdischen Schwanz. Das ist viel radikaler, als meine Affäre mit Shlomo es je hätte sein können, finden Sie nicht? Als würde der Übermensch plötzlich real werden. Beinahe kann ich fühlen, wie die Sonne über meinem Kopf emporsteigt und die Trompeten sich im Hintergrund bereit machen, während wir Hand in Hand einherschreiten, voller Zuversicht, dass wir den wahren Sieg errungen haben. Dass es diesmal ein Friedensprojekt sein wird. Wahrscheinlich hätten wir in Betracht ziehen sollen, eine EU-Förderung zu beantragen; unser Projekt hätte zum Beispiel heißen können: „Formen und Denkweisen austauschen: Wie mein neuer jüdischer Schwanz mein Leben verändert hat." Oder was meinen Sie, Dr. Seligman? Wir hätten berühmt werden können.

Ich weiß, dass Sie schon vorhin danach gefragt haben, aber ich habe niemandem gesagt, dass ich einen Termin bei Ihnen habe. Es ist nicht so, dass es mir peinlich ist, aber ich erzähle Sachen lieber, wenn sie schon passiert sind. Ich mag das Unvermeidliche. Natürlich werde ich es irgendwann meinen Eltern sagen müssen, aber wissen Sie, meine Mutter wollte immer, dass ich Lehrerin werde – so eine richtige Lehrerin – und nicht jemand, der aus seinem drittklassigen Verwaltungsjob fliegt und ein kleines Vermögen für einen Schwanz ausgibt. Insofern wird sie das ziemlich treffen, und sie wird sich außerdem fragen, woher ich das Geld hatte. Der Wunsch nach einem Lehrerinnendasein kommt noch von meiner Großmutter, die nie Lehrerin werden konnte, weil, wie auch bei meiner Mutter, das Geld nicht reichte, um eine Frau studieren zu lassen, und als meine Mutter meinen Vater und die Waschmaschine kennengelernt hat, war es schon zu spät. Aber immerhin gibt es im Leben ja immer noch die Möglichkeit, seine Kinder mit den eigenen Versäumnissen zu quälen. Auch wenn man nichts auf die Reihe bekommen hat, kann man immer noch mit dem Nächstbesten ins Bett gehen und den Rest den Kindern überlassen, wobei meine Eltern natürlich ein romantisches Hochzeitsfoto haben, das die Aufrichtigkeit ihrer Gefühle beweist. Ich war nicht bloß das Produkt ihrer eigenen Frustration, so heißt es zumindest. Aber ich habe sie trotzdem enttäuscht, und nichts führt mir die Absurdität meiner Situation mehr vor Augen, als wenn ich versuche, mir mich selbst als so eine richtige deutsche Lehrerin vorzustellen, stolze Herrin ihrer Brüste in einem Raum voller Teenager, die mich Frau Göring-Mengele oder Bormann-Speer oder einfach Fräulein Adolf nennen müssen. Der bloße Gedanke daran bringt mich zum Lachen – ich in der Verantwortung, die Jugend auszubilden, ich in einem Leben, das alle sofort verstehen. Manchmal beneide ich diese Leute durchaus, Dr. Seligman; wenn ich niedergeschlagen bin, frage ich mich schon, wie viel mein kleines bisschen Freiheit denn wert ist und ob es nicht einen Weg gegeben hätte, mich zusammenzureißen, mich mit meinen Brüsten abzufinden und Generationen von Kindern ein für allemal die Freude an Musik und Literatur zu verderben. Mein Gehirn war nie für die Naturwissenschaften gemacht. Aber keine Chance, dass ich das durchgehalten hätte, weil wenn man sich für ein solches Leben entscheidet, muss man es auch wirklich leben, und wenn die Leute

Wind davon kriegen, dass man auf Kneipentoiletten fremden Männern einen bläst, vertrauen sie dir ihre Kinder nicht mehr an. Und dann jagen sie dich mit ihren Mistgabeln, sobald sie herausbekommen haben, dass es ihr Ehegatte war, den man da zwischen den Lippen hatte. Als Frau hätte ich heiraten müssen, damit von mir keine Gefahr ausgeht, und das stand für mich immer außer Frage. Diesen Traum habe ich nie geträumt, Dr. Seligman, nicht mal als Mädchen.

Und ich glaube immer noch, dass K mich trotzdem gefunden hätte, und ob ich einen Ring am Finger trüge, wäre ihm egal gewesen, und mir auch. Nichts hätte uns davon abgehalten, unsere Spielchen zu spielen, immer hätte er mich zurück an diese Orte gebracht. Es war ja nicht so, dass wir uns nicht zwischendurch mal ein Hotelzimmer hätten leisten können, aber die Spielchen in der Öffentlichkeit machten K scharf. Ihm ging es immer um Entblößung in sicherer Umgebung, nie habe ich jemanden getroffen, der so viel von sich in die Öffentlichkeit getragen hat. Sein Lieblingsspiel war es, mich mit einem Mann mitgehen zu lassen, den er ausgesucht hatte, und an der Tür zu lauschen. Vielleicht entsetzt Sie das, Dr. Seligman, aber ich habe K von Anfang an vertraut, und es hat mir gefallen, auf diese Art dominiert zu werden; außerdem mochte ich den Nervenkitzel, nie zu wissen, ob wir nur etwas trinken gehen würden oder ob er andere Pläne für mich hatte. Wenn ich ungezogen war, suchte er einen besonders unattraktiven Mann für mich aus, so einen, der höchstens auf einen Mitleidsfick hoffen kann. Es ist erstaunlich einfach, Fremden Oralsex anzubieten; es ist beinah so, als würde es nicht zählen, weil man nicht aus Versehen ein Baby machen kann, weil es nicht wirklich die Begegnung zweier gleichwertiger Körper ist, sondern eher der Mund als Quell der Erleichterung. Aber das war mir sowieso alles egal; dieser Körper, und was mit ihm geschah, war mir gleichgültig geworden, denn an diesem Punkt hatte ich wohl schon beschlossen, zu Ihnen zu kommen, und meine Zeit mit K war so etwas wie die Abrissparty. Alles blieb ohne Konsequenzen. Und auch die anderen Spiele habe ich genossen, zum Beispiel wenn er mir befahl, mich auf den Boden seines Ateliers zu legen und zu masturbieren, während er arbeitete, auf und ab ging oder Anrufe entgegennahm; ich durfte erst aufhören, wenn er es mir erlaubte. Noch nie zuvor hatte ich eine solche Lust verspürt, aber trotzdem störte es mich, dass ich bei manchen Spielen die Rolle einer Frau übernehmen musste. Ich hatte Verständnis, dass K nur Heteromänner für unsere Spiele auswählen konnte, aber ich vermute, dass es ihn ärgerte, wenn ich diesen anderen Männern hinterhersah, denen, die miteinander schliefen, denn er war nicht besitzergreifend, wenn es um Dinge ging, die auch er mir bieten konnte; er wusste, dass er gut darin war. Aber wenn es um diese anderen Dinge ging – es gefiel ihm nicht, wenn er meine Sehnsucht bemerkte, Dr. Seligman, und als ich erkannte, dass K mehr war, als ich geglaubt hatte, war es schon zu spät. Als ich erkannte, dass ich ihm wichtig geworden war; dass nicht, wie man glaubt, die rotesten Sterne immer die kältesten sind.

Ich will nicht wieder gemein sein, und ich weiß, dass er gewissermassen ja sogar ein entfernter Kollege von

Ihnen ist, aber mir ist gerade eingefallen, was meiner Meinung nach die dämlichste Frage war, die Jason mir je gestellt hat, Dr. Seligman. Eines Tages, nachdem ich auf dem filigranen Stuhl mit niedriger Lehne Platz genommen hatte, den er für seine Patienten wohl passend fand, und noch bevor ich mit einer weiteren wahnwitzigen Abschweifung beginnen konnte, fragte er mich, ob ich glaubte, ein braves Kind gewesen zu sein. Nicht, ob ich ein braves Kind gewesen sei, sondern ob ich glaubte, ein braves Kind gewesen zu sein; so eine Frage kann nur jemand stellen, der in Großbritannien aufgewachsen ist, meinen Sie nicht? Als hätte man die Geschichte irgendwie selbst in der Hand, als könnte man sie interpretieren, als wäre sie ein glücklicher Umstand. Und es machte mich zwar nicht wütend, aber plötzlich wurde ich dermaßen neidisch, weil mir bewusst wurde, dass nicht jeder Mensch so aufgewachsen war wie ich, dass man auch mit Freude zurückblicken konnte. Dass Tatsachen biegsam sein konnten. Ich meine, ich weiß, dass wir als Deutsche unserer Vergangenheit niemals entkommen und nicht einfach anfangen können, fröhlich Blümchen im Vorgarten anzupflanzen – unser Ausblick wird immer etwas zu Tode Geharktes sein, das in etwa wie Beton aussieht. So ist es nun einmal, aber Jasons Frage hat mir nicht nur bewusst gemacht, dass die Menschen hier glauben, auf die Vergangenheit einwirken zu können, sondern auch, dass sie frei sind von den Sorgen der Schuld. Dass sie, weil sie einen Krieg gewonnen haben, immer behaupten können, sie seien brav gewesen. Sie haben sogar eine Königin und lassen es immer so aussehen, als müssten sie nur Denkmäler für sich selbst errichten und keine Mahnmale für die Verbrechen, die sie anderswo begangen haben. Ich weiß noch, wie sehr es mich faszinierte, als ich hergezogen bin, dass Soldaten hier Helden sein können und dass von einem weltumspannenden Imperium nichts übrig geblieben ist außer eine Vorliebe für das Exotische – Zucker, Rum und Gewürze – und die Annehmlichkeit einer gemeinsam gesprochenen Sprache. Können Sie sich vorstellen, was es für jemanden wie mich bedeutet, sich den Luxus einer reinen Vergangenheit vorzustellen, Dr. Seligman? Das muss ungefähr so sein, als würde man einen gesellschaftlich akzeptierten Weg finden, Welpen zu ficken, um, in unendlichen Schichten von Flausch versinkend, nie wieder einen schlimmen Gedanken zu haben. Und ich frage mich, ob man Dr. Shimada erzählen sollte, dass die meisten Leute sich nur nach Vergessen und Flausch sehnen und nicht nach einem kompletten Roboterfick. Tatsächlich weiß ich gar nicht mehr, was ich Jason geantwortet habe – bestimmt habe ich es geschafft, das Gespräch wieder zurück auf meine üblichen Unsitten zu bringen, ohne etwas wirklich Wichtiges aufzudecken, oder vielleicht habe ich so getan, als erinnerte ich mich nicht gut an meine Vergangenheit – aber wo ich so darüber nachdenke, fällt mir eine andere Geschichte ein. Und obwohl dieser Vorgang längst normal geworden ist, fühle ich mich ein bisschen komisch dabei, als wäre ich unehrlich, obwohl das Problem eigentlich ein anderes ist. Denn die Geschichte, an die ich denke und die ich Ihnen gern erzählen würde, ist nicht von mir, sondern es ist eine von Ks Geschichten, und vielleicht denken

Sie, dass sie deswegen etwas von einer Lüge hat, aber für mich ist das etwas anderes, Dr. Seligman, denn wenn ich ehrlich bin, weiß ich gar nicht mehr, wer ich war, bevor ich K kennengelernt habe.

Ist es Ihnen schon mal passiert, Dr. Seligman, dass jemand Sie in zwei Versionen Ihrer selbst gespalten hat? Vorher und nachher. Dass sich jedes Wort, das man sagt, plötzlich ein wenig seltsam anfühlt, weil man den vagen Eindruck hat, die Zunge früher irgendwie anders bewegt zu haben, ohne dass man wüsste, wie genau? Dass man plötzlich einen seltsamen Stolz auf die eigenen Unzulänglichkeiten verspürt und sich die eigenen Bewegungen der Wirklichkeit einer anderen Person angepasst zu haben scheinen? Früher kannte ich diese plötzliche Traurigkeit gar nicht, und ich könnte schwören, dass meine Nase früher gerade war und dass da eine Symmetrie war, die mein Gesicht von den Gesichtern anderer unterschied. Und ich kann nicht begreifen, warum meine Augen mit einem Mal so grün sind. Es ist fast so, als hätte K etwas von seinem Lila in meine Adern und Knochen gegossen, damit jeder Mensch sehen kann, welche Spuren er hinterlassen hat und dass ich ihm gehört habe, wie nur Liebende einander zu gehören glauben. Damit jeder Ton, der meinen Körper verlässt, den Klang seiner Stimme trägt und jede Bewegung den Widerwillen seiner Finger, sobald er seine Bedürfnisse befriedigt hatte. Und ich glaube, dass wir auf gewisse Weise nichts sind als die Geschichten anderer Menschen. Es ist unmöglich, je man selbst zu sein. Jahrelang habe ich versucht, etwas zu sein, das man aufrichtig nennt, aber jetzt weiß ich, dass ich nicht nur eines bin, sondern das Produkt aller Stimmen, die ich gehört, und aller Farben, die ich gesehen habe, und dass alles, was wir tun, irgendwoanders Leid verursacht. Gewissermaßen ist es egal, um wessen Geschichte es sich eigentlich handelt, und im Nachhinein bin ich auch nicht der Meinung, dass K und ich je anhand solcher Trennlinien unterscheidbar gewesen wären. Ich weiß, dass es ihm nichts ausmachen würde, dass er es toll fände, wenn seine Vergangenheit ausgestellt wird, und ich bin mir sicher, dass sogar Sie, Dr. Seligman, mit ihren mysteriösen sieben Bilderrahmen auf dem Schreibtisch aus anderen Geschichten bestehen. Wissen Sie, irgendwie werde ich das Gefühl nicht los, dass Sie noch eine andere Seite haben, dass in diesen Rahmen gar keine Bilder Ihrer Kinder und Enkel sind, sondern vielleicht Ihre sieben Lieblingssünden. Jetzt, wo sich das Licht verändert, wird mein Kopf ganz träumerisch – ich glaube, ich kann die ersten Schneeflocken vor Ihrem Fenster tanzen sehen –, und ich spüre langsam, dass Sie zu mehr imstande sind, als nur eine einzige Frau zu lieben. Und bitte denken Sie nicht, dass ich darüber urteilen würde; wenn überhaupt, dann bewundere ich Perversionen und wäre begeistert, wenn Sie nach dem gemeinsamen Frühstück mit Ihrer Frau jeden Morgen herkommen würden, um zu einer immer neuen Schweinerei zu masturbieren, während Sie auf Ihren ersten Patienten warten. Vielleicht konnten Sie sich so all die Jahre ihr Lächeln gegenüber Ihrer Frau bewahren. Und auch am Telefon, falls Sie je rangehen, oder mit den Patienten können Sie so immer charmant und entspannt sein, weil Sie wissen, dass Sie nicht die Person sind, zu der diese Leute zu sprechen glauben. Dass sich ihr ehrbarer jüdischer Arzt manchmal zu kleinen Bildchen vom späten Führer einen runterholt. Es würde mich unendlich glücklich machen, Dr. Seligman, würden Sie sich an jedem Wochentag ein anderes Bild von einem anderen Nazi vorknöpfen, sich nehmen, was Ihnen zusteht, und auf ihre unbeweglichen, kleinen Gesichter abspritzen.

Aber diese Geschichte jedenfalls, die K erzählt hat und die ich nun gern Jason erzählen würde, Dr. Seligman, war eine Geschichte darüber, wie K als Kind Briefe an Leute schrieb, die er nicht mochte, was seine Eltern immer wieder in unmögliche Situationen brachte, weil natürlich die meisten davon deren Freunde und Nachbarn waren. Damals konnte man alle Adressen im örtlichen Telefonbuch nachschlagen; mit Privatsphäre hatte man es irgendwie nicht so. K schrieb also alles auf, was ihn an diesen Leuten ärgerte, und da er eine gute Beobachtungsgabe hatte und ziemlich gemein sein konnte, ersparte er ihnen vermutlich keine Einzelheiten. Können Sie sich vorstellen, mit acht oder neun Jahren so etwas zu tun, Dr. Seligman? Ich habe mich nicht mal getraut, ohne zu fragen meine geflochtenen Zöpfe zu lösen, und K hat das Sozialleben seiner Eltern mit einem Hammer zertrümmert, denn weil er eben ein Kind war, enthielten seine Briefe auch alles, was seine Eltern über die jeweiligen Personen gesagt hatten. Er legte offen, was sie üblicherweise nicht zu wissen vorgeben, dass es nämlich die Ausnahme ist, sich zu mögen, und dass die meisten unserer Sozialkonstrukte unter Zwang entstehen oder weil es uns zum Vorteil gereicht. Ich kann mir immer noch vorstellen, wie K das durchzieht, sich einfach einen Stift schnappt und die Dinge offen ausspricht. Insofern war es wahrscheinlich das Beste, dass er Künstler geworden ist; niemand nimmt einen Künstler so ernst, dass ein Skandal daraus erwachsen könnte. Bei alldem frage ich mich, warum manche Menschen mit einer solchen Freiheit geboren werden, mit dem Selbstvertrauen, die besten Stücke immer zuerst zu essen, während andere wie ich ihr halbes Leben und dazu das Erbe ihres Großvaters brauchen, um ihre brennendste Sehnsucht zu stillen? Sie haben ja keine Ahnung, wie lange ich gebraucht habe, um zu verstehen, dass mein Name nicht mein Name ist, Dr. Seligman, dass ich im Kindergarten nicht aus Faulheit nicht auf ihn reagiert habe, sondern weil ich damals instinktiv wusste, was ich später wieder vergaß. Dass ich mich einfach nicht mit dem Namen eines Mädchens, einer Frau, eines Weibchens identifizieren konnte, dem Namen von jemandem, der eine Vagina hat. Dieses kleine Biest, das sich oft wie eine Nacktschnecke zwischen meinen Beinen angefühlt hat. Und bis heute zucke ich zusammen, wenn man mich als Frau oder Mrs oder Miss oder sogar Ms tituliert. Ich hatte nie das Gefühl, dass irgendeine dieser Kategorien beschreibt, wer ich wirklich bin, und ich kann den Tag kaum erwarten, an dem Sie mir meinen wunderschönen Schwanz geben, mit allem drum und dran, beschnitten und so, sodass ich endlich die Welt darum bitten kann, mich bei meinem richtigen Namen zu nennen, bei dem Namen, den man mir schon damals hätte geben sollen. Gewissermaßen ist es wie eine Taufe, Dr. Seligman: Sie sind der Priester, der mich in meinem verloren geglaubten Königreich willkommen heißt.

Das ist überhaupt keine komische Frage, Dr. Seligman, aber ich bin nicht wirklich wütend auf meine Eltern. Ich meine, woher hätten sie wissen sollen, dass sie ein Monster zur Welt gebracht haben? Sie hatten keine anderen Kinder. Vielleicht haben sie zwar gespürt, dass etwas nicht stimmte, aber ich glaube nicht, dass sie so etwas für möglich gehalten hätten, als sie sich dazu entschieden, mich zu bekommen; dafür war meine Mutter schon immer viel zu eitel gewesen. Sie ist so eine Frau, die nie sieht, was in den Schaufenstern liegt, weil sie nur auf ihr eigenes Spiegelbild achtet. Sie hätte nie auch nur in Erwägung gezogen, dass ihr Kind nicht vollkommen sein könnte. Ich habe diesen ganzen Frauenkram immer gehasst, die große Tasche mit dem Make-up und das Haarspray im Badezimmer, das die Lungen verklebt, die makellose Kleidung, die weder Löcher noch Flecken duldet, und wie ich nie richtig in einem Kleid gehen konnte. Und die Scham, die ich empfand, als meine Vagina zu bluten begann. Die Art und Weise, wie meine Mutter mir unaufhörlich ihre Welt aufzwang, dass sie mich wegen meiner Pickel zur Dermatologin schleppte und meine Beine in diese grauenhaften glänzenden Strumpfhosen steckte. Dass ich immer gleichzeitig ihre Rivalin und ihr Produkt war und dass ich an ihrer statt fickbar sein musste, sobald ihre eigenen Beine müde geworden waren, wie in einem Clan streunender Katzen, wo eine sich eben opfern muss, um den Laden am Laufen zu halten. Früher war ich immer völlig verwirrt, wenn sie versuchte, mich vor ihren Freunden und unserer sogenannten Familie vorzuzeigen, obwohl ihr doch vollkommen klar war, dass es da nichts vorzuzeigen gab. Und das Schlimmste war, wenn sie mit mir shoppen ging, Dr. Seligman, diese unfassbar idiotische Beschäftigung, bei der die Leute absichtlich Mittel und Zweck verwechseln, um mal rauszukommen und so zu tun, als wäre es tatsächlich möglich, neue Hosen zu kaufen. Und kennen Sie diese Mutter-Tochter-Gespanne, bei denen beide so gut wie identisch aussehen? Diese Töchter, die alles haargenau richtig machen, die sich, gleich nachdem sie sich die Käseschmiere abgerieben haben, zu einer exakten Kopie ihrer Erzeugerinnen formen lassen? Heute finde ich sie gruselig, aber damals habe ich sie beneidet, weil meine Mutter und ich zusammen ausgesehen haben wie eine schicke Dame mit einem Quasimodo an der Leine – oder zumindest habe ich es so empfunden, weil ich nie wusste, was ich mit meinen Haaren machen oder wie ich es anstellen sollte, dass ich aussah wie ein Mädchen im Kleid und sie zufrieden war. Und sie muss unter meiner Scham gelitten haben, meiner Unfähigkeit, zur Sprache zu bringen, was mit mir los war, warum ich für keinen der Jungen in meiner Schule schwärmte und nur Deo benutzte, wenn man mich dazu zwang. Wahrscheinlich ist sie mit ihrer Vorstellungskraft bis zu der Befürchtung gekommen, dass ich eine hosentragende Lesbe sein könnte, denn selbst zu dieser Zeit trugen nicht mehr alle Mädchen Röcke und Kleider, aber weiter wohl nicht. Und ich

wünschte, ich hätte das verstanden, Dr. Seligman; ich
wünschte, ich hätte gewusst, dass sie aus der Unsicher-
heit heraus handelte, mit der die meisten Frauen geboren
werden, dass sie sich alle so vor ihrem Körper fürchten, dass sie alles dafür tun würden, annehmbar auszusehen und zu riechen, dass sie im Sommer diese albernen Söckchen tragen, damit ihre Füße nicht stinken,
und dass die ganze Schminke, die meine Mutter mir
ins Gesicht zu schmieren versucht hatte, eine Form der
Kriegsbemalung war, ihr Versuch, mich vor der Welt zu
beschützen, weil alle wissen, was mit denen passiert, die
rebellieren – dass die Scheiterhaufen im Hintergrund
noch glimmen. Und ein Großteil unserer Schwierigkeiten miteinander rührte von einem völlig unnötigen
Lampenfieber, das uns von einer Welt aufgezwungen
wird, die Leute ohne Schwanz auf ihren Platz verweisen
will, und ich wünschte, wir beide hätten das durch-
schaut. Aber nun, Dr. Seligman, fühle ich mich zum
ersten Mal in meinem Leben stark für zwei, für uns
beide, ich habe mich von den Ketten des Lippenstifts
und der perfekten Frisur befreit und bin stolz auf meine
ausgelatschten Füße und die Haare an meinen Nippeln.
Und ich weiß, dass wir eines Tages wieder zusammen
shoppen gehen werden, und dann wird sie endlich stolz
sein auf diesen Körper, den wir früher beide so gehasst
haben. Ich bin mir da ganz sicher, Dr. Seligman, weil
ich vor Kurzem in meinem Herzen die Kraft gefunden
habe, ihr zu verzeihen. Und weil das alles manchmal
so furchtbar einsam macht, habe ich begonnen, manche ihrer alten Klamotten zu tragen, ihre Strickjacken
und Schals – für alles andere war ich immer zu dick –,

und ich werte das als Zeichen, dass ich dort eine Sehnsucht nach ihr spüre, wo ich vor so langer Zeit hätte lieben müssen. Ich bewundere nichts mehr als Menschen, die einen Weg gefunden haben, ihre Mutter zu lieben; ich glaube, das ist die größte Herausforderung in einem Menschenleben, das Einzige, das die Welt wirklich ein bisschen besser machen würde.

Ich glaube, Ihr Assistent ist eingeschlafen, Dr. Seligman. Oder sind Ihre Öffnungszeiten so exklusiv, dass nur spezielle Leute eine Nachricht hinterlassen dürfen? Das Telefon klingelt ja schon seit Ewigkeiten. Da werde ich ja ganz rot, weil Sie so viel Zeit mit mir verbringen; Sie sind bestimmt ein guter Mensch, und ich bin mir sicher, dass Sie Ihrer Frau immer einen Abschiedskuss geben. K mochte es nicht besonders, Händchen zu halten oder zu kuscheln, dieses ganze Zuneigungszeug. Das war nicht die Form von Intimität, die er suchte, und ich dachte lange, dass er diese Verhaltensweisen seiner Frau und seinen Kindern vorbehielt, weil es irgendetwas durcheinandergebracht hätte, wenn er mit zwei Menschen so zärtlich umgegangen wäre. Und weil Untreue in den kleinen Bewegungen wohnt, in diesen wenigen Sekunden, in denen wir nicht aufpassen und die Farce aus den Augen verlieren, die das Leben uns aufzuführen zwingt. Mir machte diese Unterscheidung nichts aus; ich hatte immer das Gefühl, sowieso das Beste abzubekommen, wenn K auf meine Vagina spuckte, statt Gleitmittel zu verwenden, und die Kühle seines Speichels, den er von seinen Lippen tropfen ließ, mir für einen Moment zu vergessen half, wie das geht, meinen Körper zu hassen. Ich konnte mir schlicht nicht vorstellen, dass er das bei seiner Frau auch so machte, aber es war mir auch egal, Dr. Seligman. Sie finden das schwer zu glauben, aber ich habe nie davon geträumt, an ihrer Stelle zu sein. Ich wollte nie wissen, wie er morgens wirklich aussah, und ich war mir über unsere Situation immer im Klaren. Ich war ja auch nicht mit viel Zuneigung aufgewachsen, insofern machte mir seine Schroffheit nichts aus. Aber für K muss das alles eine andere Bedeutung gehabt haben. Denn an jenem Tag in dem Hotelzimmer, ohne Farbe, um das offensichtliche Ende unseres Treffens zu signalisieren, fand ich es seltsam, ihn einfach so mit sauberen Fingern zu streicheln, deshalb entschied ich mich dafür, als Abschiedsgeste über seine Haare zu streichen. Nichts weiter, Dr. Seligman, ich strich nur ein paarmal über seine Haare, als sich plötzlich sein Körper anspannte wie bei einem wilden Tier, das noch unschlüssig ist, ob es angreifen soll oder nicht, als würde er das Ausmaß seiner Angst gegen die Möglichkeit abwägen, das Zimmer als dieselbe Person zu verlassen, als die er es betreten hatte. Sich fragen, ob dies der Anfang oder das Ende seiner Freiheit sein würde. Und ich wusste nicht, was ich machen sollte; ich achtete darauf, plötzliche Bewegungen zu vermeiden, hielt inne und wartete, und noch bevor ich langsam meine Hand zurückziehen konnte, schrumpfte K vor mir auf dem Bett in sich zusammen, er trug ein T-Shirt und sonst nichts und sah plötzlich aus wie das weinende Kind, von dem ich Ihnen vorhin erzählt habe. Der kleine Junge, der sich im Dunkeln verlaufen hat und von den Reaktionen seines Körpers auf die Angst ganz erschöpft ist. Ich weiß nicht mehr, wie lange er geweint hat, aber als ich schließlich versucht habe, ihn zu umarmen, wurde mir klar, dass es noch zu viel zu trösten gab, dass mein Körper noch so viel kleiner als seiner war und dass ich nichts tun konnte, außer ihm dabei zuzusehen, wie er in diesen Fluren früherer Zeiten verschwand, in denen Schrecken warteten, die nur er sehen konnte. In unserer Angst werden wir alle zu Tieren, Dr. Seligman, ausgeschlossen vom Trost einer gemeinsamen Sprache; wir sind allein und haben nichts zur Verteidigung außer unseren Instinkten. Und doch glaube ich, dass es diese Tränen waren, die K an mich gebunden haben; es muss für ihn eine solche Erleichterung gewesen sein, endlich jemanden zu haben, vor dem er weinen konnte, und danach trafen wir uns häufiger in Hotelzimmern. Ohne die Farben in seinem Atelier war er wie ein Kind, das sich selbst beibringt, ohne sein Lieblingsspielzeug aus dem Haus zu gehen.

Körper – und damit meine ich nicht nur menschliche Körper, Dr. Seligman – sind mir nach wie vor sehr fremd. Ich glaube, ich hatte einfach nie einen Blick dafür. Ich wusste nie, wie viel Suppe in eine Tupperdose passt, und konnte nie einschätzen, wie groß jemand ist oder welche Pullovergröße sie hat. Stattdessen nahm ich die Ausmaße anderer Menschen auf der Grundlage ihrer Persönlichkeit wahr, des Raums, den sie beanspruchten, um sich auszudrücken. Sie haben sicher einen viel besseren Sinn für solche Proportionen und sehen die Menschen bestimmt ganz anders, aber ich zum Beispiel kann mir meinen Vater nie als wirklich großen Mann vorstellen. In meinem Kopf hat sich seine grundsätzliche

Bedeutungslosigkeit über seine physische Erscheinung gelegt, und heraus kommt ein Mann, der so winzig ist, dass er kaum an die Knöpfe seiner Waschmaschine herankommt. Ein Mann, der von Männern großgezogen wurde, die einander nicht beigebracht haben, wie man wächst. Oder auch Jason: In meinem Kopf baumeln seine Beine vom Stuhl, und das ist vielleicht Teil des Problems, dass ich Körper nie als das ansehen kann, was sie eigentlich sind. Und das betrifft auch meinen eigenen, weil ich mich seinetwegen immer so schlecht gefühlt habe, weil er sich mit der Welt nie einig werden konnte. Ich dachte immer, er wäre gigantisch, wie bei einer Unebenheit, die man plötzlich mit der Zunge ertastet. Ich dachte immer, meine Proportionen wären ungeheuerlich. Und dazu diese ganzen bescheuerten Regeln, die für Frauenkörper gelten, dass eine nackte weibliche Brust nackt ist, während eine nackte männliche Brust nicht nackt ist, dass ich ein Bikinioberteil tragen musste, während die anderen Jungs oben ohne herumlaufen durften, dass ich diesen Teil meines Körpers als sexuell akzeptieren musste, als etwas, das versteckt gehört. Das alles machte es mir so schwer, und ich hatte immer das Gefühl, dass ich etwas anderes hätte sehen sollen als das, was ich tatsächlich sah, als gäbe es eine geheime Choreografie, die allen beigebracht wurde, nur mir nicht. Also versuchte ich einfach, mitzuhalten und diesen geheimnisvollen Rhythmus zu finden, der die Menschen in ihrem Begehren eint. Wissen Sie, ich habe ein schlechtes Gewissen, wenn ich so über meinen Vater spreche, wo ich Ihnen noch nicht einmal gesagt habe, was ich früher über meine Mutter gedacht habe, dass ich nämlich bei ihrem Anblick immer an so einen Vogel mit albernem Gefieder denken musste, vor allem, wenn ich hinter ihr im Auto saß; das Wort *Wiedehopf* ging mir zwangsweise durch den Kopf, während ich ihr Haar auf den Landstraßen auf- und abhüpfen sah. Aber ich habe mich deswegen nie schlecht gefühlt. Denken Sie, man lehrt uns so großen Respekt vor unseren Vätern, weil wir nie sicher sein können, dass sie wirklich unsere Väter sind? Ich weiß, dass man das mittlerweile wissenschaftlich nachweisen kann, aber es braucht Jahrhunderte, um so ein Denken aus den Köpfen zu kriegen, wie bei Kaninchen, die vor Angst sterben können, wenn man sie hochhebt, weil sie sich noch immer vor Adlern fürchten, obwohl sie einen ja sehen und Adler längst ausgestorben sind. Aber wir sind auch immer dann am leidenschaftlichsten, wenn es darum geht, Dinge zu verehren, die es nicht gibt, wie Menschenrassen oder Geld oder Gott, oder eben einfach unsere Väter.

Gott ist natürlich auch ein Mann. Ein Vater, der alles sieht, vor dem man sich nicht mal auf dem Klo verstecken kann und der immer wütend ist. Sein Penis hat wahrscheinlich die Größe einer Zigarette. So ein Typ, der Löwen erschießt und Frauen im Schwimmbad überholt. Als Mann ist es natürlich viel einfacher, religiös zu sein, und ich habe noch nie verstanden, wie auch nur eine einzige Frau jemals in die Kirche oder irgendeinen anderen Tempel gehen konnte, Dr. Seligman, denn keine mir bekannte Religion hat je irgendetwas Gutes über Frauen zu sagen gehabt. Ich habe nie verstanden, warum meine Mutter an Jesus geglaubt und einen geheimen Altar mit allen möglichen glitzernden Memorabilia in einer Ecke ihres Schlafzimmers versteckt hat. Warum sollte sie zum Beten da hingehen, wo man nur Scham und Angst lehrt, wo man sich diesen ganzen Scheiß mit heiligen Müttern und Huren ausdenkt, wo man Angst vor Vaginen hat? Denn darum geht es eigentlich die ganze Zeit, oder? Davon abgesehen, dass man einen Weg finden will, nicht zu sterben und irgendwo in den Wolken weiterzuleben, zusammen mit den ganzen anderen Leuten, die man eh nie mochte, ist das ein Versuch, den Unterschied zwischen Menschen mit und ohne Schwanz aufrechtzuerhalten. Und dann redet man von Penisneid – überlegen Sie doch nur mal, was man alles auf sich genommen hat, um Vaginen zu deformieren und zu bezwingen, um Frauen zu sagen, dass Lust nicht für sie bestimmt ist, dass es so etwas gibt wie gut und fromm zu sein. Ich meine, wie viele Frauen gibt es denn, die ganze Bücher über Schwänze geschrieben haben, darüber, wie Männer denken und träumen und sich kleiden sollen? Dass sie so eine Art fickbarer Muttercharakter mit sauberen Fingernägeln und massenweise Taschentüchern in der Handtasche zu sein haben? Ich habe nie verstanden, wie Gott, der selber gar nicht gebärfähig ist, der Ursprung allen Lebens sein soll – wie ein Mann unser Schöpfer sein kann. Außer natürlich, wir sind alle das, was man auf Deutsch eine *Arschgeburt* nennt. Vielleicht ist unsere Welt genau das, Dr. Seligman: etwas, das aus dem Arsch eines heiligen Mannes gekommen ist, die Überreste von kaputten Sternen und einem implodierenden Universum.

Jetzt, wo Sie fragen, Dr. Seligman – K hat mir tatsächlich noch etwas anderes aus seiner Kindheit erzählt. Nämlich, dass er oft davon geträumt hat, sich im Garten seiner Eltern zu erhängen. Er hatte sogar einen ganz bestimmten Baum dafür im Blick und wusste immer, dass es in der Abenddämmerung an einem Wintertag geschehen müsste, auf keinen Fall bei voller Dunkelheit, und sich dabei einige zarte Schneeflocken auf seine Arme und Schultern legen würden – hell und glänzend auf dunklem Mantelstoff, wie die Juwelen im Haar der Kaiserin Sisi. Er sagte mir nicht, warum er das so empfand, und es spielt auch keine Rolle; es gibt nicht immer einen bestimmten Grund für unsere Gefühle. Sie sind nicht immer mit einem Trauma zu begründen oder damit, was andere uns angetan haben, manchmal sind wir selbst die Unterhändler unserer eigenen Traurigkeit. Das hat er mir gesagt, und dabei hat er nicht geweint; wir waren nicht in einem Hotelzimmer, Dr. Seligman, sondern auf dem Boden seines Ateliers, und er hatte begonnen, mit einem dicken Pinsel meinen gesamten Körper lila zu bemalen. Sein Brusthaar war dunkel vom Schweiß. Das hatte er noch nie getan, und er lächelte währenddessen, und sogar, während er mir von diesem Kindheitsbild erzählte. Ich habe ihn gefragt, warum er nie versucht hat, die Szene zu malen, ihr außerhalb von sich selbst einen Platz zu schaffen, aber er hat nur ein komisches Geräusch gemacht, statt zu lachen, und weiter meine Haut bemalt, seine Pinselstriche so viel fester und selbstbewusster als meine, als hätte er tatsächlich einen Grund, mich lila anzumalen. Es macht mir keine Angst, sagte er nach einer Weile, Dr. Seligman.

Und ich male nur Dinge, die mir Angst machen, wie Hunde und Ratten, enge Räume oder Höhen. Alles, was du auf den Leinwänden sehen kannst, sind meine Ängste, mein kleiner Strudel – so nannte er mich –, aber dieses Bild vom Garten meiner Eltern, der Baum, den ich so gut kenne, und all die verschiedenen Grün- und Grau- und Brauntöne und mein kleiner Körper, der vor diesem wunderschönen Hintergrund des letzten Tageslichts hängt, womöglich ein bisschen Schnee auf dem Boden, die letzte Wärme meines kleinen Körpers sichtbar in der kalten Winterluft – dieses Bild macht mir keine Angst. Es ist mein einziger Trost, das Einzige, an das ich je geglaubt habe, die einzige Freiheit, die ich besitze. Es lässt mich jeden Morgen aufstehen, obwohl ich noch eine Stunde vorher dachte, dass ich es an diesem Tag nicht schaffen würde. Ich kann abends einschlafen, weil ich weiß, dass dieses Bild immer da sein wird. Dass diesem Baum noch Äste wachsen, die stark genug sind, um ein Leben zu beenden.

Es war fast, als hätten die Dinge angefangen, sich zu verschieben, Dr. Seligman, als mir bewusst wurde, was wirklich los war. Und vielleicht musste alles so kommen, damit ich endlich verstand, dass ich zu Ihnen kommen muss, dass der einzige Trost, den wir im Leben finden können, darin besteht, sich von unseren eigenen Lügen frei zu machen. Dass es meine Pflicht ist, diese Maskerade zu beenden. Mir war klar geworden, dass ich die Dinge nicht wieder ungesehen machen kann, dass ich nicht nur über den Tellerrand geschaut, sondern schon vor Jahren den Teller zertrümmert und mich geweigert hatte, den Blick auf den Hammer in meiner Hand zu richten.

Ich kann nicht beschreiben, wie es sich anfühlt, Dr. Seligman, wenn einem zum ersten Mal bewusst wird, was es bedeutet, frei von den Zwängen des eigenen Körpers einen Mann anzusehen, wenn man lernt, mit den eigenen Augen zu sehen, wenn man begreift, dass die Vagina nicht real ist und alles, was man über das Begehren zu wissen glaubte, nicht stimmt. Ich weiß nicht, wie flexibel Sie da sind, Dr. Seligman, und was Sie vielleicht schon ausprobiert haben, aber ich war danach außerstande, mich wieder in diese anderen Regeln und Ästhetiken einzufinden; ich konnte K nie mehr so ansehen, wie eine Frau ihn angesehen hätte. Wie meine Mutter ihn angesehen hätte. Und doch habe ich es versucht, weil es mit ihm anders war, weil er es manchmal zuließ, auf diese andere Weise begehrt zu werden, und weil ich glauben wollte, dass er Bescheid wusste. Dass er diese Spielchen spielte, um diesem anderen Teil von mir zu gefallen, dass ich, solange er mir erlauben würde, seine Haut mit seinen wunderschönen Farben zu bemalen, meine eigenen Lügen vollkommen vergessen würde. Dass es genügend Farben in seinem Atelier gab, um mich mit meinem Leben als Frau zu versöhnen. Ich glaube wirklich, Dr. Seligman, dass ich nicht per se schlecht bin, sondern die Umstände mich schlecht machen, die Tatsache, dass man die eigene physische Wirklichkeit auch in Gedanken nicht überwinden kann, dass man Glauben allein nicht ficken kann, wie sehr man es auch versucht. Darum ist auch jede Religion dazu verdammt, einen am Ende zu enttäuschen, denn wenn man nachts aufwacht und neben einem schläft der einzige Mann, den man je lieben zu können geglaubt hat, die Körper bedeckt mit allem, was man einander geben konnte, so wie Liebende aussehen sollen, und trotzdem fühlt sich alles falsch an, so, als würde man lügen und betrügen wie eine Meerjungfrau, die das Schiff ihres Geliebten zum Kentern bringt – dann weiß man, dass kein Jünger je gewusst hat, was es heißt, verliebt zu sein.

Glauben Sie an die Hölle, Dr. Seligman? Oder kommen Juden sowieso in den Himmel? Ich glaube an keins von beidem, aber manchmal fürchte ich mich noch davor, und wer auch immer auf die Idee mit den ewigen Qualen gekommen ist, muss wirklich krank im Kopf gewesen sein. Ein Typ mit chaotischer Seele und zu vielen Ratten im Schlafzimmer; warum sonst würde man durch die Gegend laufen und den Leuten erzählen, dass alles Leid, das sie in ihrem Leben erfahren mussten, nicht genug gewesen ist? Um ihnen den letzten Trost zu nehmen. Und manchmal habe ich diese Alpträume, Dr. Seligman, in denen ich gar nicht mehr aufhöre zu bluten, ich habe große Schmerzen, eine Ader in meinem Ellbogen wurde geöffnet, und das Blut läuft immer weiter, aber ich sterbe nicht, und es gibt keinen Weg, die Blutung oder den Schmerz zu stoppen, und weil ich immer so müde bin, wache ich nie auf. Morgens dauert es oft lange, bis der Schrecken verschwindet. Aber die Vorstellung von Ihnen im Himmel gefällt mir richtig gut; Sie haben es sich auf jeden Fall verdient, auf einer flauschigen Wolke zu sitzen, weil Sie dieses Wunder bewirkt und mir geholfen haben, endlich meinem Baum zu entfliehen. Ist es nicht witzig, dass wir uns vor etwas fürchten, an das wir gar nicht glauben?

Über Liebe habe ich früher dasselbe gedacht, diese Vorstellung, so an jemanden gebunden zu sein, hat mir Angst gemacht. Ich war immer wie ein wildes Tier, das versucht, dem Lasso über seinem Kopf zu entkommen, panisch auf der Flucht vor den möglichen Annehmlichkeiten der Gefangenschaft. Ich wollte auf keinen Fall, dass jemand erfährt, was wirklich in meiner Hose los ist, und deshalb musste ich auch meinen Kollegen mit dem Tacker bedrohen, um klarzustellen, dass ich nicht bereit bin für den Käfig, dass ich sämtliche Blumen und Kekse zertrampeln würde, die er mir je zu schenken wagen sollte. Dass ein kurzer Moment des Exzesses nach einem Drink nicht heißt, dass sich etwas verändert hat, dass irgendwelche Ansprüche gestellt werden können oder die Zärtlichkeit ins offene Feld unseres Alltags Einzug halten darf. Aber natürlich reagiert ein abgewiesener Mann wie ein brünftiger Eber, und nichts liegt ihm ferner als Gerechtigkeit, er würde nicht einmal die Bäume verschonen, und ich habe erst zum Tacker gegriffen, als er anfing, von Romantik zu reden – die gefährlichste Waffe eines Mannes –, und ich plötzlich Tapeten und hell erleuchtete Räume und Kinder vor Augen hatte, und ich war so schockiert, dass er die Frechheit besaß, in mir nichts anderes zu sehen als eine Frau, dass ich ihm gesagt habe, ich würde ihn zu Tode tackern. Normalerweise bin ich nicht so gewalttätig, Dr. Seligman, und bestimmt ist Ihnen klar, wie schwierig das in der Umsetzung wäre. Es wäre eine langwierige Angelegenheit, und ich würde mir selbst nicht gerade große Ausdauer attestieren. Ich halte nie lange durch.

Meine Beine werden langsam müde; es ist wirklich lange her, dass ich sie für jemanden so breit gemacht habe, Dr. Seligman, aber ich finde, dass unsere neue Freundschaft auf viele Arten außergewöhnlich ist, und ich hätte nie gedacht, dass ich mal mit jemandem, den ich kenne, so reden kann. K und ich waren uns immer einig, dass die einzigen richtigen Unterhaltungen, die man im Leben führt, nachts und mit Fremden stattfinden. Tagsüber gibt es keine Anonymität, und wenn man einfach jemanden anspricht, gilt man direkt als Freak, wie diese Bibelspinner, aber wenn es Nacht wird, kommt die Stunde, da Jesus' Gefolgschaft sicher verstaut in ihren Betten liegt und die Unterschiede keine Rolle mehr spielen. Für mich war das immer die einzig wahre Intimität; das waren die einzigen Menschen, denen ich mich mitteilen konnte. Die Leute, die ich nachts an der Bushaltestelle getroffen habe, allein auf Parkbänken, oder die traurigen Frauen, die Süßigkeiten und Kosmetik vor den Kneipen- und Clubtoiletten verkaufen. Das waren die einzigen echten Menschen, die ich je in dieser Stadt getroffen habe, in der alle in undurchdringliche Schichten aus Angst und Ehrgeiz gewickelt sind und sämtliche Kommunikationsversuche in der Einsamkeit enden. Das sind Leute, die so leer scheinen, als hätten sie noch den letzten Rest Luft eingesaugt, um unsere Lungen mit ihrer sinnlosen Existenz zu lähmen. Aber mit Fremden ist es anders; bei ihnen kann man traurig sein. Ist das bei Ihnen auch so, Dr. Seligman? Vor Menschen, die ich kenne, kann ich nie traurig sein; es gibt so einen Mechanismus, der mich immer funktionieren lässt, und Sie müssen mir glauben, wenn ich sage, dass das Meiste, was ich tue, aus einem tiefen Gefühl der Traurigkeit und Verzweiflung heraus geschieht. Wenn wir die sanfte Dunkelheit des frühen Morgens abwarten würden, irgendwann zwischen drei und vier, dann würden Sie es durchscheinen sehen, Dr. Seligman – das Gesicht, das unter all den Witzen begraben liegt. Und K gefiel die Vorstellung, dass es in dieser Stadt ein paar Fremde gibt, die über alles Bescheid wissen, die wissen, warum er manchmal weint wie ein Kind und aus welcher Schublade seines Lebens dieses Alphabet der Angst kommt. Dass wir, ohne unsere Gesichter und Namen offenzulegen, die Geheimnisse anderer hüten und sie die Nacht hindurch bewachen, als wären sie Gestirne, kostbare Schätze, die uns in diesen flüchtigen Momenten, die so selten geworden sind, verbinden und uns einander als Menschen erkennen lassen. Und wenn wir von unseren nächtlichen Ausflügen zurückkehren, Dr. Seligman, leuchten diese Geheimnisse in unseren Händen, zerbrechliche kleine Kreaturen, die wir liebevoll gesund pflegen. Ich wünschte, K und ich hätten Fremde bleiben können; ich wünschte, ich könnte eines seiner Geheimnisse mein Eigen nennen und es neben mir im Dunkeln leuchten spüren.

Ich weiß gerade gar nicht, ob ich Ihnen schon von dem Jesusautomaten erzählt habe. Ich habe die fürchterliche Angewohnheit, mich zu wiederholen; eine der vielen schlechten Angewohnheiten meiner Mutter, die ich nicht ablegen kann. Noch nicht? Also, da, wo meine Großeltern gewohnt haben, gab es eine Kirche, und in dieser Kirche stand eine Maschine, die aussah wie ein

Süßigkeiten- oder Spielautomat, aber ganz aus Glas, sodass man genau sehen konnte, wie die Transaktion vonstatten geht. Wenn man zehn Pfennig in den Schlitz steckte, kam ein kleines Jesuskind raus, fuhr eine Runde im Kreis und spendete einen Segen. Ich erinnere mich nicht, ob der kleine Jesus dabei gewunken hat, aber ich weiß noch, dass er auf Schienen fuhr und ich immer dachte, er müsste nach Schichtende bestimmt furchtbar müde sein. Immerhin sprach er all diese alten und jungen Nazis von ihren Sünden frei und wurde dabei schlechter bezahlt als die billigste Hure. Und wahrscheinlich musste er ab und zu geölt werden, oder der Mechaniker musste kommen, wenn er streikte oder eines seiner Gliedmaßen in einer unanständigen Position festhing. Wenn sein Heiligenschein sich gelöst hatte. Sie wissen ja, Dr. Seligman, dass man sagt, niemand wolle Böses tun und wir seien alle von unseren Umständen und unserem mangelnden Urteilsvermögen gelenkt, unserem *Unverstand*, also sollten wir diesem Jesuskind vielleicht verzeihen, dass er all diese Leute gesegnet hat, dass er sich nicht selbst angezündet oder aus Protest seine kleinen Räder abgeworfen hat, wenn diese Leute seinen kleinen Schlitz befingert haben. Dass er es ihnen so einfach gemacht hat: eine schnelle Runde auf den Schienen, und alle Sünden sind vergeben. So wie ich die Katholische Kirche kenne, musste man wahrscheinlich nicht mal selber hingehen, sondern konnte einfach jemand anderes vorbeischicken. Wahrscheinlich war das egal, solange das Jesuskind in Bewegung blieb. Die Vergebung von Sünden war schon immer eine Klassenfrage, und so habe ich mich auf dem Heimweg mit meiner

Mutter und meinen Großeltern oft gefragt, wie es Jesus wohl nachts erginge, ganz allein in der dunklen Kirche, ob er seine billige Liebe und diese ganze Universalvergebung bereute, ob er manchmal versuchte, an die Opferkerzen heranzukommen, um Verwüstung anzurichten. Im Nachhinein betrachtet, weiß ich gar nicht, wie er auf diese Idee hätte kommen sollen. Seine Mutter musste für seine Empfängnis niemanden ficken; soweit wir informiert sind, war er ganz zufrieden mit seinem Schwanz, und Miete gezahlt hat er vermutlich auch nicht. Was will man mehr? Aber damals durfte ich nicht wirklich Witze über ihn machen; meine Mutter hatte den kleinen Automaten ausgesprochen gern und steckte immer die passenden Münzen ein, wenn wir in die Kirche gingen. Und ich lernte, diese Hingabe zu respektieren, aus demselben Instinkt heraus, der verhindert, dass wir über hilflose Tiere lachen, lange noch, bevor meine Großmutter ganz nebenbei erwähnte, dass das Baby in dem Glaskasten meine Mutter an das andere Kind erinnere, das sie vor mir bekommen hätten, das tot geborene, für das sie blaue Tapeten gekauft hätten und das irgendwo dort in der Nähe begraben liege. Meine Großmutter hatte das Alter erreicht, in dem es unnötig ist, Sachen zu kommentieren, und ich war zu jung, um Fragen zu stellen, und so gingen wir einfach weiter den Hügel hinab; die Sonne war noch nicht bereit, den Tag zu beenden.

Früher war ich der Meinung gewesen, dass die eigene Familie keine Rolle spielt, dass man sich einfach irgendein Foto an die Wand hängen kann, und fertig. Kein Außenstehender würde je erkennen, dass man diese

Verwandten auf dem Flohmarkt gekauft hat, dass sie schon im Rahmen gewesen sind und man einfach zu faul gewesen ist, sie auszuwechseln. Und als meine Großmutter mir von meinem toten Geschwisterkind erzählte, Dr. Seligman, kümmerte mich das nicht. Beziehungsweise, um ganz ehrlich zu sein, war ich auf dem Nachhauseweg den Hügel hinab ganz froh, das alles, was von ihm übrig war, gut versteckt in einem Jesusautomaten in einer abgelegenen katholischen Kirche lag, die von obskuren polnischen Mönchen geführt wurde, die man irgendwann hatte einstellen müssen. Ich war froh, Einzelkind zu sein, und als ich älter wurde, entwickelte ich eine krasse Eifersucht auf dieses Geschwisterkind, das ich Emil nannte. Ein weiteres Beispiel von Hass auf etwas, das es nicht gibt. Ich malte mir ununterbrochen aus, wie mein Leben aussähe, wenn Emil da wäre, wenn er mit uns am Tisch säße, wie er aussehen würde. Wie schön er wäre. Denn egal, wie erleichtert ich war, dass der kleine Emil sicher in seinem Glaskasten verstaut war, wo sich diese komischen Mönche um ihn kümmerten, ich habe ihn mir nie hässlich vorgestellt. Ich dachte immer, dass er einer von diesen schlanken, eleganten Jungs geworden wäre, mit strahlend blauen Augen und Haut, die in der Sonne golden wird. Und einem Gesicht, dessen Schönheit alles Gerede über männlich und weiblich übersteigt, ein Gesicht, das die Alten Griechen bewundert hätten. Und jahrelang habe ich mich gefühlt, als wäre ich nichts als die Nachgeburt, ein erbärmlicher Zellhaufen, der hastig zusammengeflickt worden war, um wie ein Mensch auszusehen. Ich fühlte mich wie das, was Dr. Frankenstein übrig gelassen hatte. Und ich muss zugeben, dass ich viel Zeit damit verbracht habe, ihn zu hassen, dass ich nie um ihn getrauert und ganz sicher nie darüber nachgedacht habe, wie meine Mutter sich wohl damit fühlen mochte oder mein Vater, falls der zu so etwas überhaupt imstande war. Ich habe sogar aufgehört, ihn zu besuchen; ich ließ ihn in seinem Glaskasten verstauben und wartete auf die ersten Rostflecke an seinen Rädern, den ersten Riss, der seine durchsichtigen Fundamente erschüttern würde. Aber Sie wissen ja, wie das ist, Dr. Seligman, wenn man mit verbundenen Augen geradeaus gehen will, egal, wie sehr man es versucht – am Ende läuft man im Kreis und kehrt sehr wahrscheinlich zum Ausgangspunkt zurück. Wenn ich mir mein Leben nicht als Basketball vorstelle, der vom Korbring abprallt und mir ins Gesicht schlägt, dann stelle ich es mir vor, als würde ich mit verbundenen Augen diese Linie ablaufen – und niemand hat sich die Mühe gemacht, mir zu sagen, dass das unmöglich ist. Dass ich, solange ich mich weigern würde, die Augen zu öffnen, immer wieder bei mir selbst, meinem eigenen Chaos, der Katastrophe meiner eigenen erbärmlichen Existenz landen würde. Jetzt, wo ich hier liege, ist mir völlig klar, dass ich nicht jahrelang meinen Hass auf ein totes Baby in einem Glaskasten gehegt habe, weil ich mein Essen oder die spärliche Zuneigung meiner Eltern nicht mit ihm teilen wollte, die ungelenken Versuche meines Vaters, eine Bindung zu mir aufzubauen, die immer damit zu tun hatten, Dinge zu reparieren, die nicht kaputt waren, und die Sehnsucht meiner Mutter danach, ihr Leben auf meinem Gesicht ablaufen zu sehen, ihre ewigen Eingriffe in meinen Körper, ihre Finger, die meine Haare zurechtzupften, als ich aus dem Alter längst heraus war. Ich kann sie immer noch auf meinem Schädel spüren. Liebend gern hätte ich die unangenehmen Urlaube in Ferienanlagen mit ihm geteilt, die grundsätzliche Enttäuschung der Eltern über mein mangelndes Ansehen, und die vielen Male, die sie versucht haben, mich für sportliche Aktivitäten zu begeistern. Sie sind sicher zu alt, als dass Ihre Mutter versucht haben könnte, Sie zu einem Bodyattack-Fitnesskurs zu schleifen, Dr. Seligman, einer der vielen Gründe, warum Sie sich Ihre Würde bewahrt haben. Aber ich kann Ihnen sagen, Dr. Seligman, das war ein harter Kampf, und ich war vollkommen damit beschäftigt, verzweifelt meinen toten Bruder Emil zu hassen – nicht, weil ich all das nicht teilen konnte, sondern weil ich mich selbst hasste und mir nichts sehnlicher wünschte, als er zu sein. Nicht wie er zu ein, sondern er zu sein. Und zwar nicht, weil ich dachte, dass er von meinen Eltern ein besseres Angebot bekommen hätte, sondern weil er ein Junge war, der Junge, der ich immer sein wollte, und ich war so neidisch, weil er die Chance bekommen hatte, mit dieser Korrektur geboren zu werden, weil es so leicht hätte sein können und ich trotzdem an seiner statt dieses elende Leben leben musste. Und deshalb habe ich mich entschlossen, seinen Namen zu übernehmen, Dr. Seligman, um ihn aus seinem Kasten zu befreien, damit er einen Teil des Lebens leben kann, das er nie kennengelernt hat. Und obwohl ich nie so schön sein werde wie er, mich nie mit der Eleganz bewegen werde, die den Menschen dazwischen zu eigen ist, glaube ich doch, dass ich das Richtige tue. Sobald ich hier fertig bin, gehe ich in diese Kirche und nehme ihn mit zu mir nach Hause. Ich hoffe zutiefst, dass er mittlerweile nicht zu einem religiösen Artefakt geworden ist, sodass ich ihn von seinem Kasten und seinen Rädern befreien und ihn in eine der wenigen sonnigen Ecken in meinem Zimmer stellen kann, neben meine Blumen und meine Bücher, wo er nie wieder jemanden segnen oder als Substitut für die kaputten Träume anderer herhalten muss. Ich hoffe wirklich, dass er mir dann vergeben wird, so lange gebraucht und nicht verstanden zu haben, dass meine andere Seite mein Bruder sein könnte, dass es mehr als eine Seele braucht, um schön zu sein.

Also müssen Sie sich nicht wie ein Mörder vorzukommen, Dr. Seligman, denn Sie töten mich oder meine Vagina nicht; eigentlichen schaffen Sie bloß Platz für Emil. So können wir das Erbe teilen, von dem meine Mutter nach dem Tod meines Großvaters im letzten Jahr nicht wollte, dass mein Vater es behielt, womit sie ihn von der Last befreite, der Lieblingssohn zu sein. Jenes Erbe, das mein Vater mir sodann in einem unverständlich bürokratischen Akt schenkte, ohne ihr etwas davon zu sagen, das bis dahin unangetastete Eigentum meines Urgroßvaters, das mich nun bis zum Ende aller Zeiten zu seiner Tochter macht. Zum liebsten Abkömmling eines toten Mannes. Weil Geheimnisse dicker sind als Blut, brauche ich einen Bruder, um das durchzustehen. Also werden wir uns seinen Namen nehmen, weil ich meinen immer gehasst habe und ich glaube, dass Emil es nach all den Jahren voller Gebete und Nazis und unterfickten alten Damen verdient hat. Ich hoffe sehr, dass er nicht allzu viele Obszönitäten mit ansehen musste, wenn die Mönche unter sich waren. Aber ich frage mich, ob Sie sich manchmal wie Dr. Frankenstein fühlen, Dr. Seligman; haben Sie das Gefühl, Monster zu erschaffen? Ich weiß, dass viele Leute Menschen wie mich dafür halten, und womöglich haben sie insofern recht, als dass wir von draußen hineinsehen, dass wir ihr Handeln durchschauen und über ihre kleinen Lügen Bescheid wissen. Und das ist es wohl, was uns in ihren Augen so hässlich macht; Wissen macht hässlich, woher wahrscheinlich die Annahme rührt, dass dumme Menschen leichter zu ficken sind, oder fickbarer – dass sie nicht vom Offensichtlichen verdorben sind und, ähnlich wie Tiere, ein natürlicheres Verhältnis zu ihrem Körper haben. Offiziell gilt das selbstverständlich als etwas Schlechtes, zumindest habe ich das den Mahnungen meiner Mutter entnommen, wenn ich mal wieder breitbeinig dasaß, außerstande, angemessen zu sitzen, weil ich nie begreifen konnte, warum es für Leute mit und ohne Schwanz zwei verschiedene Arten zu sitzen gibt. Und ich habe sie dauernd verwechselt, weil ich extrem verwirrt war von der Tatsache, dass Mädchen doch weniger zu verbergen haben als Männer, aber das war, noch bevor ich begriff, dass ein Schwanz als eine Art Schwert fungiert, dass man stolz auf ihn ist und ihn mit anderen vergleicht, während eine Vagina etwas Schwaches ist, etwas, das ihrer Besitzerin kaum anvertraut werden darf. Etwas, das immer die Gefickte sein wird, das vergewaltigt und schwanger werden kann und Schande über Haus und Familie bringt. Etwas,

das Schutz braucht, ohne dass jemand dieses Schutz-
bedürfnis je infrage stellt oder warum es nachts auf der
Straße nicht sicher ist, warum Mädchen mit kurzen
Haaren aussehen wie Jungen und nicht andersherum.
Ich fand das alles immer furchtbar verwirrend und
dachte oft, dass man doch eher die Schwänze verstecken
müsste, dass wir die Waffe und nicht die Wunde aus
der Öffentlichkeit verbannen sollten. Aber jedenfalls
glaube ich, dass unsere Körper manches wissen, lange
bevor unser Kopf es tut, Dr. Seligman; auf ihnen stehen
all die Worte, lang bevor unsere Zungen sie finden und
unsere Zähne sie in dem Leerraum zwischen unseren
Gaumen auseinanderpflücken können. Und in manchen
Fällen brauchen die Worte Jahre, um unseren Körpern
folgen zu können, um zu sagen, was längst gesagt worden ist. K wusste das alles; er hatte genügend Körper
gemalt, um sie lesen zu können, um meine Bewegungen
zu verstehen und dass ich nie in engen Schuhen laufen
oder so freundlich sein konnte, wie es sich für Mädchen gehört, und obwohl mein Körper manchmal ein
Geheimnis war und etwas länger brauchte, um sich
zu zeigen, musste er doch irgendwann begreifen, dass
dieses Einhorn nicht nur einen Schweif hatte, sondern
auch einen Schwanz. Er muss gewusst haben, was es
bedeutete, als ich aufhörte, mich zu rasieren, und meine
Vagina unter dem dunklen Haar verschwinden ließ, das
Frauen nicht haben sollen, und nur den Bereich um
mein anderes Loch haarlos hielt. Er muss verstanden
haben, was mein Körper ausdrücken wollte, als plötzlich Haare um meine Nippel herum auftauchten und
meine Hände ihn unerwartet fest packten, und als

ich ihn in unseren finalen Momenten des Vergessens plötzlich mit der flachen Hand schlug; er muss es verstanden haben, glauben Sie nicht, Dr. Seligman? Dass es nicht mein Herz war, das uns im Stich gelassen hat.

Er hat immer gesagt, dass die Farben nach dem Ertrinken gekommen waren, Dr. Seligman. Die Farben, die K malte, waren die Farben, die er sah, wenn er nachts seine Augen schloss, Kreise und Linien, die in der Dunkelheit leuchteten und pulsierten, da und zugleich auch nicht, immer außer Reichweite und zu vollkommen, um Produkt seiner Fantasie zu sein. Die Farben tauchten auf, nachdem er einmal als kleines Kind beinahe im Swimmingpool seiner Tante ertrunken wäre, nachdem er gedacht hatte, dass das Blau, jenes Blau, das wir mit einem besseren Leben in Verbindung bringen, die Farbe der Ferien, die wir nie hatten, der Frische, von der wir in stickigen Momenten träumen, das Letzte wäre, das er je sehen würde. Später glaubte er, dass dies der Moment war, in dem er Maler geworden ist, der Moment, als sein Cousin versuchte, ihn zu ertränken, indem er ihm das Leben unter Wasser zeigte, als K verstand, dass nichts uns so sehr verbindet wie Gewalt und dass es nichts Gewalttätigeres gibt als den Körper eines Fünfjährigen. Das ist, wie wenn man den Unterschied lernt zwischen mit der flachen Hand oder einer Faust geschlagen zu werden; das vergisst man nie mehr. Und wir alle kennen die Farbe eines Swimmingpools, seine Gerüche und den Geschmack des Wassers, also hatte auch Ks Trauma etwas Öffentliches an sich, die Art, auf die das Leben ihn zu formen beschlossen hatte und welchen Gebrauch er davon machte.

In solchen Momenten erinnerte er mich an diese merkwürdigen Pflanzen, die Leute in den Wald schmeißen, damit sie nicht für die Entsorgung der Gartenabfälle bezahlen müssen, diese Pflanzen, die da eindeutig nicht hingehören und in dieser feindlichen Umgebung trotzig blühen. Die nicht einfach weggehen, weil sie nicht dorthin gehören. K war genauso: Es war ihm egal, dass die meisten Menschen ihn nicht mochten, dass sie ihn arrogant fanden und wussten, dass er höchstwahrscheinlich seine Frau betrog, ein lächerlicher Künstler mit zu viel Hybris und zu wenig Talent, ein verzogenes Kind, ein schlechter Vater und ein Heuchler. Es war ihm egal, Dr. Seligman; er blühte trotzdem und weigerte sich, sich von diesen gewöhnlichen Kreaturen und ihren gewöhnlichen Farben unterkriegen zu lassen. K hat immer selbst bestimmt, wie er sich gesehen hat, und ich habe ihn dafür geliebt. Wie eine Hummel, die nicht weiß, dass sie laut den Regeln der Physik gar nicht fliegen kann.

Mögen Sie Hotelzimmer, Dr. Seligman? Mir haben diese Hochglanzoberflächen immer gefallen, und ich glaube, wenn ich je ein Buch geschrieben hätte, dann eines über Hotelzimmer. Ich bin ganz hingerissen von der Idee eines Raums, in dem das eigentliche Leben überhaupt nicht mehr zählt und die Zeit nicht mehr existiert. Sie sind wie Flughäfen, nur dass man nackt herumlaufen kann und nicht so tun muss, als wäre man Vielfliegerin oder würde beruflich um die ganze Welt reisen. Hotelzimmer sind da viel anonymer, und die Bettwäsche ist normalerweise frisch genug, um eine milde Begeisterung zu beherbergen, und obwohl ich die Farben in seinem Atelier vermisste, genoss ich die Treffen mit K in diesen leeren Räumen. Es fühlte sich vielmehr so an, als träfe ich einen Fremden, und ich glaube, von denen sollte jeder Mensch ab und zu Gebrauch machen. Laden Sie ab und zu Ihre Frau oder Ihre sieben Nazis auf eine Nacht im Hotelzimmer ein, Dr. Seligman? Oder sogar alle zusammen? Sie sollten das mal probieren; das Eingesperrtsein im Unbekannten sorgt für eine angenehme Aufregung, und es hat mir auch immer eine Vorstellung davon vermittelt, wie der Sex war, den die Leute im Krieg in den Bunkern gehabt haben müssen. Und vielleicht waren K und ich genau das, zwei Menschen, die versuchten, sich aus den Apokalypsen zu ficken, die sie beide in ihrem Innern tragen, aus den Ängsten, die unsere Körper allein nicht bewältigen konnten. Manchmal denke ich, dass sich manche Leute deshalb heimlich einen Krieg herbeisehnen – nicht nur, weil sie ihre Abkömmlinge mit Geschichten über verstümmelte Körper und dar-über, wie sie Kartoffelschalen essen mussten, quälen wollen, sondern vor allem, damit sie wieder richtigen Sex haben können und nicht diesen harmlosen Kram, den Freiheit und Frieden im Angebot haben. Obwohl wir darauf achteten, jedes Mal in ein anderes Hotel zu gehen, Dr. Seligman, haben wir es nicht geschafft, Fremde zu bleiben. Wenn ich so darüber nachdenke, hat K mir bestimmt erzählt, woher er kommt, aber ich habe es vergessen oder wollte es vergessen, um ihn vor dem Unvermeidbaren zu schützen. Doch das Unver-meidbare geschah eben doch, und weil K nur mit ein-geschaltetem Licht schlafen konnte, kann ich nicht so tun, als hätte ich es nicht gesehen oder gehört, als hätte er nicht diese Worte gesagt, die man jemandem wie mir niemals sagen darf, einer bellenden Katze. Das ist, als würde man jemanden bitten, nicht zu sterben, als würde man in einer dieser grammatikalisch unmöglichen Konstruktionen sprechen. Aber er hat es trotzdem gesagt, Dr. Seligman; nachdem er mitten in der Nacht seine schönen grünen Augen öffnete, sagte er: Bleib für immer bei mir. Und bevor ich irgendetwas erwidern konnte, war er schon wieder eingeschlafen, er schlief so tief, diesen tiefen Schlaf, den nichts erschüttern kann. Den Schlaf eines Kindes. Und es ist ja nicht so, dass K kein guter Mensch gewesen wäre – er war nicht so einer, von dem man sich vorstellen kann, dass er ein totes Hühnchen fingert oder aggressiv den Abspann am Ende des Films schaut. Einer von diesen Männern, die stolz auf den Geruch ihrer eigenen Scheiße sind. Er war die Sorte Mann, die meine Mutter zu sich in die Dusche gelassen hätte, und was könnte man mehr wollen? Wir wollen ja alle nur ficken, wo unsere Eltern waren, und es war mir egal, dass er verheiratet war und Kinder hatte und so. Diese Dinge bedeuten mir nichts, und ich hoffe, er wusste, dass ich nicht plötzlich spießig geworden war und dass Emil auf immer und ewig bei ihm geblieben wäre, dass aber der Mensch, nach dem er sich sehnte, längst zu existieren aufgehört hatte. Dass er mit einem Gespenst zusammen gewesen war, und wie ein Gespenst verschwand ich aus dem Zimmer, während er noch schlief, was sich wirklich anfühlt, als hätte ich jemanden hinterrücks ermordet. Und wenn ich jetzt daran zurückdenke, habe ich immer den Eindruck, sein Blut an den Händen gehabt zu haben, als ich die Tür schloss – nicht seine Farben, nicht das Lila, das er für mich ausgewählt hatte, sondern dass meine Finger nass und klebrig von seinem Blut waren. Ich kam mir vor wie jemand, der gerade seinen Hund vergiftet hat und das Zimmer verlassen muss, weil er es nicht ertragen kann, noch einmal in diese Augen zu sehen. Ich fühlte mich wie der Alptraum einer anderen Person, Dr. Seligman, und ich weiß nie, wie lange man eine Wunde anstarren muss, bevor sie zu bluten aufhört. Und doch hatte sich, als ich frühmorgens diesen Hotelflur entlangging, etwas verändert, und als ich bei der Rezeption angekommen war, konnte ich nicht anders, als das erste Gesicht, das ich sah, anzulächeln. Von diesem Moment an wusste ich sicher, dass sie mit K dort geblieben und Emil mit mir gekommen war. Dass wir endlich in Sicherheit waren.

Als ich jünger war und noch in Deutschland lebte, Dr. Seligman, habe ich einmal eine Dokumentation über eine junge Frau gesehen, die gegen alles allergisch war. Sie hat ihr ganzes Leben in einem Haus mit sehr hellen Räumen verbracht, nur gab es keine Fenster, weil sie sogar gegen die Sonne allergisch war. Ihre Haut wurde rot und bekam Blasen, sobald ein Sonnenstrahl sie auch nur streifte, und so lebte sie wie eine Schneekönigin, umgeben von ewiger Dunkelheit, für das menschliche Auge unsichtbar. Aber da sie nicht wirklich eine Märchenfigur war und sogar Dr. Schiwago in seinem Eishaus etwas essen und womöglich sogar aufs Klo gehen musste, war ihr Leben eine Tortur. Zwar hatte man weiße Kleider gefunden, um ihre Haut zu bedecken, doch konnte sie nichts ohne Unwohlsein zu sich nehmen, von allem musste sie würgen, ihr Hals schwoll zu, und sie drohte zu ersticken. Und wie bei einem Haustier, dessen Anforderungen ans Leben unzumutbar geworden sind, haben ihre Eltern hin und wieder darüber nachgedacht, sie von ihrem Leid zu erlösen – oder sich von ihrem eigenen, je nachdem wie man es sieht –, als eines Tages ein Nachbar mit einem toten Eichhörnchen vor der Tür stand. Einem roten Eichhörnchen, eines der guten, nicht so ein graues, die ja bei uns mittlerweile kaum beliebter sind als Ratten, weil sie Vogelfutter klauen und Blumenzwiebeln ausgraben. Der Nachbar war nicht mehr jung, kein potenzieller Verehrer der einsamen Braut, daher gingen die Eltern davon aus, dass er es einfach gut mit ihr meinte. Sie häuteten das kleine Wesen, warfen den buschigen Schwanz weg und kochten das bisschen Fleisch, das es hergab. Sie sagten ihr, was es war, und es machte ihr nichts aus; sie aß, und nichts geschah. Ihr Körper verhielt sich so ruhig, als wenn Sie oder ich von Fortuna mit so einer Weintraube gefüttert würden. Es kam einem Wunder gleich, und im Gegensatz zu den frühen amerikanischen Siedlern, die an ihrer ausschließlich aus Kaninchen bestehenden Kost gestorben sind, lange bevor fünf Portionen Obst und Gemüse am Tag uns alle gerettet haben, ernährte sie sich problemlos von nichts anderem als Einhörnchen. Der Nachbar ging jeden Tag für sie auf die Jagd, aber weil ihre Abwehrkräfte so schwach waren und Fremde mit ihren Keimen ein großes Risiko für sie darstellten, bekam er sie nie zu Gesicht; er kam nie weiter als bis zu ihrer Türschwelle, wo ihre Eltern die wertvolle Beute in Empfang nahmen. Und doch machte er weiter, und wenn ein ganz besonders junges und zartes Eichhörnchen dabei war, frohlockte ihr Gaumen, und ihr Herz blühte auf vor Dankbarkeit.

Ich stelle mir gerne vor, dass sie nach einiger Zeit darum gebeten hatte, man möge die Schwänze aufbewahren, dass sie ihr Zimmer mit rotem Eichhörnchenflausch dekorierte und dass sie, da die Schwänze ja das Einzige waren, das sie und der geheimnisvolle Jäger beide berührt hatten und nichts so sexy ist wie ein Fremder, mit ihnen zu spielen begann. Jeder Eichhörnchenschwanz war wie eine neue Begegnung, die Wand eine Karte ihrer Orgasmen, schüchtern und zart zu Beginn, später laut und hungrig, bis sie anfing, mit mehreren Schwänzen gleichzeitig zu spielen und so wuschig wurde, dass sie die Wand ficken wollte. Aber das ist nur meine ausschweifende Fantasie, Dr. Seligman, ganz bestimmt ist nichts dergleichen passiert und die Schwänze wurden fachgerecht entsorgt und seine Liebe hat, indem sie sie am Leben hielt, ihr Leid letztendlich nur vergrößert, während die andere Liebe – die ihrer Eltern – sie wahrscheinlich umgebracht hätte, bevor sie auch nur die erste Falte auf ihrer Stirn hätte ertasten können. Wahrscheinlich denke ich deshalb so gern an diese Geschichte – nicht so sehr wegen der Eichhörnchenschwanzmasturbation, sondern weil sie davon handelt, dass die Liebe eigentlich ein egoistisches Bestreben ist, dass es unverantwortlich ist zuzulassen, dass sich jemand in einen verliebt, und dass man es doch nicht verhindern kann. Denn selbst wenn man sich in einem fensterlosen Raum vergräbt und vorgibt, gegen die ganze Welt allergisch zu sein, wird irgendwer Mittel und Wege finden, einem das Herz unter die Füße zu schieben. Ich habe die längste Zeit gebraucht, um das zu verstehen, aber woher hätte ich wissen sollen, dass auch Männer an gebrochenem Herzen sterben? Ich dachte immer, das gilt nur für Mädchen.

Glauben Sie, dass es über dem Meer schneit, Dr. Seligman? Draußen ist es jetzt fast dunkel, und wenn ich nachts wach liege und nicht schlafen kann, denke ich oft an dieses Bild. Finden Sie nicht auch, dass es eine perfekte Beschreibung der Unschuld ist? Diese wunderschönen weißen Schneeflocken, die still vom Nachthimmel mit seinem heiligen Blau und seiner ganzen Himmlichkeit herabfallen, im Windhauch über den Wellen tanzen, einander knisternd streifen, mit einer so göttlichen Leichtigkeit, dass nur ein Engelsflügel es ihnen gleichtun könnte, kurz bevor sie vom finsteren Meer voller Dreck und Giftabfall verschluckt werden, dieser Flut sterbender Kreaturen. Sichtbar nur für einen Sekundenbruchteil, bevor sie in diese große Masse verschiedener Schichten Dunkelheit sinken, in der ihre Bestandteile, ihre Bewohner unterschiedslos vergehen. Wo jeder und alles dieselbe Menge Dreck und Krankheit schlucken muss, Tag für Tag. Und doch heißt es, dass sie alle anders sind, nicht wahr, Dr. Seligman – dass jede Schneeflocke ihre einzigartigen Kristalle bildet, und dabei sind sie uns in vielem so ähnlich. Manche von ihnen haben das Glück, auf einer hübschen Bergkuppe geboren zu werden, in ausreichend großer Anzahl, um ganze Gruppen deutscher Touristen samt ihrer hässlichen Bergsteigerausrüstung unter sich zu begraben. Andere landen in Vorgärten, wo sie zu Schneemenschen zusammengepresst und mit kleinen orangenen Karottenpenissen versehen werden, und wieder andere, wie ich, landen in diesem Meer der Finsternis, mit keiner anderen Bestimmung außer der, unsere elende Existenz zu verlängern und zu verschlimmern, und nur einige wenige landen in Regionen, wo man sie mit Ewigkeit belohnt. Das sind die besonderen Schneeflocken, die noch lange nach unserem Tod überdauern werden, Dr. Seligman. Ich bin mir sicher, dass die Schneekönigin höchstpersönlich sie zurechtgefeilt hat, dass es einen intrinsischen Grund für ihr unsterbliches Glitzern gibt, dass es nicht einfach nur Glück gewesen sein kann.

Insofern habe ich mich nie groß um die Unschuld bemüht, Dr. Seligman, und ich habe auch nicht an sie geglaubt, weil mein Sekundenbruchteil zu kurz ist, um etwas anderes als ein Monster aus mir zu machen, und mit den Jahren habe ich mich daran gewöhnt, nachts meine Hände nicht sehen zu können und dafür meine Tage nicht sauber halten zu müssen. Ich frage mich, ob Ihnen auf Ihrer Bergkuppe nicht manchmal langweilig wird, Dr. Seligman. Ob Sie nicht eine geheime Höhle für ihre Laster haben. Andererseits kommen Sie als Jude ja sowieso in den Himmel, also müssen Sie sich da keine Gedanken machen. Und wenn Sie da oben auf ihrer flauschigen Wolke, umgeben von ihren Bilderrahmen, auf mich hinabsehen, wie ich meinen halb automatischen Sexroboter Martin von einem Hotelzimmer zum nächsten schleife und diesen schönen Schwanz, den sie mir gegeben haben, auf eine Weise benutze, die Sie als mutwillig erachten mögen, dann sehen Sie mit Wohlwollen auf mich hinab. Mit echtem Wohlwollen, nicht diesem selbstbezogenen Wohlwollen, mit dem Jason mich fertigmachen wollte. Denn ihn hat man auch noch auf keiner Bergkuppe gesehen, ich bin mir sicher, er ist ursprünglich in einem Abwasserkanal gelandet und hat sein halbes Leben damit verbracht, sich sauber zu lecken, aber wenn man genau hinschaut, kann man immer noch ein wenig Scheiße durch seine polierten Kristalle schimmern sehen. Ich weiß nicht, wie es bei Mr. Shimada ist, ich habe ihn ja nie kennengelernt und weiß auch nicht, wie Schneeflocken in Japan aussehen – wahrscheinlich irgendwie hübscher –, aber um auf solche Ideen zu kommen wie er, müssen die Spitzen irgendwann mit etwas in Berührung gekommen sein, das nicht weiß ist. Genau wie K; wenn ich jetzt an ihn denke, kann ich alle Farben des Regenbogens sich in ihm spiegeln und für einen kurzen Moment aufleuchten sehen, bevor er wieder ertrinkt, ein kleiner Diamant, der die Dunkelheit erhellt, der er nie entkommen konnte. Und dann trauere ich um ihn, weil ich weiß, dass er diese Bestimmung nie selbst gefühlt hat, dass er immer dachte, seine Kristalle wären für höhere Regionen bestimmt, wären von der Schneekönigin berührt worden und es wäre dann irgendetwas schiefgelaufen, während er spürte, wie er sich inmitten der unnachgiebigen Wellen auflöste. Er dachte, dass sein Leben ein einziger großer Fehler gewesen wäre und nicht einmal sein Tod noch etwas hätte bewirken können, dass alles schon zu spät wäre.

Dass es immer schon zu spät gewesen war. Ich glaube, niemand ist so oft ertrunken wie K, und somit fühle ich mich nicht verantwortlich dafür, dass er ein letztes Mal in der schneidend kalten Winterluft ertrunken ist. Als er schließlich in den Garten seiner Eltern zurückkehrte und diesem Baum, dessen Äste über die Jahre stark genug geworden waren, um seinen leblosen Körper durch das verblassende Licht eines Wintertags zu tragen, seine Liebe gestand. Dafür kann man mich nicht verantwortlich machen, Dr. Seligman; wir sind nicht die Schicksale der anderen, und ich war es nicht, die den Baum vor sein Fenster gepflanzt und diesen Schatten über seine Kindheit geworfen hat, ich war es nicht, die ihn die Angst vor der Dunkelheit gelehrt hat. Aber ich bin es, die noch immer seine Farben auf meiner Haut spüren kann, Dr. Seligman. Noch immer kann ich die Unterschiede zwischen den verschiedenen Lilatönen spüren, und ich wünschte, ich hätte damals gewusst, dass Farben eine Geschichte haben und dass Lila die Farbe der Trauer und der Traurigkeit ist, dass K mich mit seiner Traurigkeit bedeckt hat und dass ich nun seinen Kummer in mir trage, weil ich nicht glaube, dass man Hände oder Haut wirklich reinwaschen kann. Irgendetwas ist schon eingezogen, bevor man das Wasser erreicht, und unsere Adern füllen sich langsam mit den Geschichten der anderen und mit Dreck, mit den Farben der anderen und mit ihren Schreien; wir tragen gegenseitig unsere gebrochenen Herzen unter unserer Haut, bis sie eines Tages alles blockieren und unser eigenes Blut am Fließen hindern und alles in einem finalen Moment der Verzweiflung hervorbricht.

Wir sind einander die Sünden, Dr. Seligman, und bevor Sie Ihre Handschuhe ausziehen und ich von diesem Stuhl aufstehe, bevor ich meine Hose wieder anziehe, um endlich einen Blick auf Ihre sieben Bilderrahmen zu werfen, bevor Sie wieder mein Gesicht sehen können, möchte ich Ihnen von meinem Urgroßvater erzählen, weil ich glaube, dass Sie wissen sollten, woher das Geld für diese Behandlung kommt. Er war kein berühmter Nazi, keiner von Ihren sieben Favoriten, was uns fast zu Verwandten machen würde, verbunden durch Blut und Perversion. Ich bin mir nicht einmal sicher, ob er ein richtiger Nazi war; wir haben uns nie kennengelernt, und auf die Geschichten der Verwandtschaft ist ja kein Verlass. Ich weiß nur, dass er Bahnhofsvorsteher war und mit seiner Frau und seinen sieben Kindern über dem Bahnhof in einer kleinen Stadt in Schlesien wohnte, und weil es gut lief, kaufte er ein Stück Land für jedes seiner sieben Kinder, damit sie als Erwachsene ihre Häuser darauf bauen und dort glücklich mit ihren Familien leben könnten, mit vielen Kindern, die herumlaufen und Kuchen aus den Schränken ihrer vielen Tanten klauen würden. Doch das Land wurde nie bebaut, sie wurden zum Kriegsende vertrieben. Wenn Sie nun dort wären, würden Sie einen kleinen Wald inmitten einer kleinen polnischen Stadt vorfinden, wo Bambi und seine Freunde wohnen, ein Stück Natur, das den bösen Krallen der Zivilisation entkommen ist. Mit Bienen und Wildblumen und Eulen in der Nacht. Beinahe romantisch, und vielleicht hätten Sie ja Lust auf einen kleinen Spaziergang. Ich bin mir nicht ganz sicher, wie lange Sie laufen müssten, aber wahrscheinlich würden Sie noch vor Sonnenuntergang Auschwitz erreichen, oder was davon übrig ist, das Fundament all dessen, was wir heute sind. Doch mein Urgroßvater arbeitete nicht in Auschwitz; er war ein frommer Mann, ein Katholik, der Waffengewalt verabscheute und einen solchen Dienst abgelehnt hätte. Er war bloß Vorsteher des letzten Bahnhofs vor Auschwitz, wo die Züge oft über Nacht standen und er dafür sorgte, dass es keine Überbelegung der Gleise gab, dass alles reibungslos verlief und die leeren Züge ohne Zwischenfälle zurückkehren konnten. Er meinte es nicht böse, und wenn ich an ihn denke, Dr. Seligman, sehe ich einen kleinen Mann auf einem Bahnsteig vor mir, der eine altertümliche Uniform trägt, die in unseren heutigen Augen geradezu reizend erscheint; und er betrachtet diese Züge und all die Hände, die aus diesen würdelosen Fenstern ganz oben herauskommen, und ich sehe Schnee, Dr. Seligman, Schneeflocken, die auf ihren Fingern landen, die Schneekönigin hat sie geschickt, zerbrechliche Momente der Ewigkeit, die wie Engel mit gestutzten Flügeln aus dem Himmel fallen und deren Anmut vergeht, sobald die Körper aufeinandertreffen. Und ich sehe Schnee, der auf der Mütze meines Urgroßvaters landet, auf seinen Schultern und auf dem Boden vor ihm, und ich fühle, wie seine Füße sich nach Zuhause sehnen, doch es sind noch so viele Stunden, und der Schnee fällt weiter wie die Schneeflocken vor Ihrem Fenster. Sie fallen zu dem Geräusch von Motoren, die sich nach Bewegung sehnen, bis die Hände nach und nach mit bloßem Auge nicht mehr zu erkennen sind und seine Füße die einst gekannte Wärme vergessen haben. Bis irgendwann der Wald über alles Heilige wächst und seine Zweige die Engel auffangen, bevor sie auf dem Boden aufschlagen. Bis die Sonne nachgibt und die Beine spreizt und wir von einem leblosen Mond regiert werden.

Und nun lassen Sie uns diesen Körper in etwas anderes verwandeln.

Einen Moment des Feuers im Himmel.

Lassen Sie uns abhauen, bevor die Clowns kommen.

Lassen Sie uns wie Gold sein, Dr. Seligman.

Lassen Sie uns von Jahrhundert zu Jahrhundert neue Formen annehmen, ohne je zu verschwinden.

Lassen Sie uns einander an den Händen halten.

Lassen Sie uns Krieger sein.

DANKSAGUNG

Joachim, weil er eine französische Autorin aus mir gemacht hat.

Jean und Olivier, weil sie dies ermöglicht haben.

Heidi und Chris, weil sie eine internationale Angelegenheit daraus gemacht haben.

Tamara und Lauren, weil sie mich so herzlich willkommen geheißen haben.

Jacques, Joely und Clare von Fitzcarraldo, weil sie Blau zu meiner Lieblingsfarbe haben werden lassen.

Amy, Jordan, Morgan und alle anderen bei Avid Reader Press für den Amerikanischen Traum.

Milena für ihren Mut.

Jane für den Tag in Brighton.

Laurence, weil sie mir so viel Raum zu wachsen gegeben hat (und die Panda-Videos).

T für die Einhornschreibwarenshoppingtour.

Tash für das Piercing.

Sam, weil er die beste Glitzerbitch ist.

Der holden Miriam für all die Ermutigung.

Stephen, weil er Stephen ist.

Peter für den Beweis, dass Deutsche lustig sein können.

Nick, weil er unser Bär ist.

Paul für die Wohnung in Berlin.

Florian für die Freundschaft.

Derya für die Gespräche.

Marya, weil sie mir keine Mathematik erklärt hat.

Matthew für mehr als ein Jahrzehnt voller Tee, Kuchen und Sorgen.

Remí für die Musik.

Sergey für die Geduld.

Gatta und Myshkin, weil sie mich daran erinnern, dass die meisten Gegenstände überflüssig sind.

Meinen Eltern, weil sie mich auf diese Welt gebracht haben.

Maurizio für alles.

kanon colours

Bov Bjerg
Deadline
Roman · 174 Seiten
ISBN 978-3-98568-079-5

•

Sophia Fritz
Steine schmeißen
Roman · 222 Seiten
ISBN 978-3-98568-080-1

•

Domenico Müllensiefen
Aus unseren Feuern
Roman · 336 Seiten
ISBN 978-3-98568-081-8

•

Stine Pilgaard
Meter pro Sekunde
Aus dem Dänischen von Hinrich Schmidt-Henkel
Roman · 254 Seiten
ISBN 978-3-98568-077-1

www.kanon-verlag.de